하구레 나리히라
HAGURE NARIHIRA

"제가
학생회장 선거에?!
무슨 그런 말도
안 되는 소리를!"

묘조 마호 MYOJO MAHOU

"네가 학생회장
선거에 입후보해
줬으면 해~"

"가장 쓸 만해 보이는 아마추어,
타츠타가와 에리아스를 잘 부탁드립…
드리코, 연설에 방해돼!"

타카와시 엔쥬
TAKAWASHI ENJU

타츠타가와 에리아스
TATSUTAGAWA ELIAS

**"1년간 부회장을 맡았던
타츠타가와 에리아스입니다."**

그런 한마디로 시작된 에리아스의 연설은
의표를 찌르는 구석도 없었고 언성을 높이지도 않았다.
나나 다이후쿠를 비난하는 표현도 없었다.
단적으로 말해서 아주 어른스러웠다.
타카와시와 비교해도 어딘가 부드럽고 세련된 태도였다.
하지만 누구보다 필사적이라는 것을 전해졌다.

CONTENTS

모리타키 세츠 지음

—Mika Pikazo 일러스트

나의 고립된 고교생활

물리적으로 고립된

My Highschool Life is
Phisically Isolated.

6
six

하구레 나리히라
고등학교 2학년생. 1m 이내의 인간에게서 체력을 빼
앗아 흡수하는 통칭 '드레인' 이능력을 가졌다.

타카와시 엔쥬
나리히라와 같은 반이며 동맹 관계. 다른 사람과 3초
간 시선을 맞추면 본심이 전광게시판에 표시되어 버
리는 통칭 '마음속 오픈' 이능력을 가졌다.

아야메이케 아이카
나리히라와 다른 반이며 친구. 타인의 호감도를 20배
증폭시키는 통칭 '매혹화' 이능력을 가졌다.

타츠타가와 에리아스
나리히라의 소꿉친구로 학생회 부회장. 나리히라를
라이벌시. 물을 정화하는 통칭 '순수 조작' 이능력을
가졌다.

시오노미야 란란
나리히라의 반에 온 전학생. 물어보면 뭐든 대답해
주는 통칭 '메이드장'을 불러내는 이능력을 가졌다.

이신덴 사아야
나리히라와 같은 반. 어린 소녀나 어른스러운 누님으
로 변할 수 있는 통칭 '사이즈 변환' 이능력을 가졌다.

다이후쿠 보쿠젠
고등학교 2학년생. 학생회 서기. 까마귀와 텔레파시
로 의사소통할 수 있는 통칭 '까마스피크' 이능력을
가졌다.

아사쿠마 시즈쿠
고등학교 1학년생. 남성 공포증. 긴장하면 타인에게
모습이 보이지 않게 되는 통칭 '강제 카멜레온' 이능
력을 가졌다.

묘조 마호
고등학교 3학년생. 학생회장. 다른 사람의 인식 수준
을 조작할 수 있는 통칭 '최량 자기 재량 일인극' 이능
력을 가졌다.

보죠 쿄코
나리히라 반의 담임. 세계사 교사. 이능력자가 아닌
일반인. 절찬 결혼 활동 중.

eXtreme novel

1 수학여행이 끝나도 풀어야 할 문제는 산적해 있단 말이지

쉬는 시간, 나는 다른 아이들과 1m 거리를 둔 내 자리에서 세계사 수업용 프린트를 노려보고 있었다.

영단어장에 들어 있었던 빨간 필름 같은 것을 그 프린트에 올리고 조금씩 아래로 움직였다.

세계사 담당인 보죠 선생님은 빈칸 채우기식 프린트를 나눠 준다.

이름하여 '고양이도 아는 세계사 프린트'. 고양이는 절대 모를걸.

선생님의 설명을 들으며 빈칸을 채워 나가는 것이 세계사의 수업 형식이다.

그리고 특히 중요한 부분은 노란색 분필로 쓴다. 참고로 분 필 색을 안 봐도 '무지막지하게 체크할 것!'이라는 식으로 말하 기에 대충 알 수 있었다.

이 빈칸을 나는 빨간색 볼펜으로 채웠다.

덕분에 빨간 필름으로 지울 수 있었다. 그래서 복습하기도 쉬웠다.

또한 내가 쉬는 시간인데도 내 자리에서 공부하고 있는 것은 친구가 없어서가 아니다. 정말로 아니다.

노지마 군이나 오오타한테 가서 얘기할 수도 있고, 지금의 나라면 앞자리에 있는 이신덴한테 말을 걸 수도 있다.

그 방면(외톨이 탈출 방면)으로는 상당한 성장을 이루었다고 할 수 있다.

그럼 왜 자리에 앉아서 공부하고 있느냐.

수학여행이 끝나고 일주일이 지났지만, 너무나도 충격적인 일이 많이 발생해서 공부할 겨를이 없었기 때문이다….

쉬는 시간을 반납하고 뒤처진 진도를 따라잡지 않으면 위험한 상황이 되었다.

수학여행이 끝나면 의외로 금방 2학기 기말고사다.

막연하게 여겨졌던 수험이라는 것이 갑자기 확실하게 모습을 드러내기 시작한 느낌도 든다….

작년의 나한테 말해도 안 믿을 것 같지만, 인간관계가 복잡해져서 공부할 시간이 대폭으로 감소했다.

작년 같으면 집에 돌아가서 얼마든지 공부할 수 있었고, 오히려 누구의 눈치도 보지 않고 지낼 수 있는 혼자만의 시간이 메인이었다.

마음껏 공부할 수 있었다. 아니, 공부야말로 구원이었다.

그랬는데 올해는 섣불리 혼자가 되면 오히려 쓸데없이 이런저런 생각을 하게 되어서 아무것도 손에 잡히지 않았다…. 나를 둘러싼 환경은 에도 막부 말기(1860년경)에서 메이지 10년(1877년)으로 워프한 수준으로 격변해 있었다. 이 정도면 사이고 타카모리도 '큰일이다!'라는 의미의 사츠마 사투리를 외칠 거다.

수학여행이 끝나면 무기력해진다고 하는데, 수학여행앓이 같은 걸 겪는 건가 싶었다.

그만큼 수학여행은 고등학생에게 두말할 것 없는 빅 이벤트고, 심지어 외톨이라서 절망적인 일을 겪지도 않았다. 다른 누구도 아닌 내가 밤에 베개 싸움도 하고 관심있는 여자 토크까지 할 수 있었다. 아무리 엄격한 심판이어도 내게 합격 판정을 내릴 것이다.

수학여행 둘째 날이 끝난 시점에 이미 나는 만족했다.

그 행복감을 떠올리기만 해도 남은 2학기는 무슨 일이 생기든 버틸 수 있으리라고 생각했다.

하지만 전혀 그렇지 않았다.

오히려 수학여행에서 돌아오는 것이 새로운 출발이 될 줄이야….

그렇게 나는 또 돌아오는 신칸센에서 있었던 일을 회상했다.

내게는 세계사의 사건보다도 이쪽이 더 무지막지하게 신경 쓰였다.

★

"저기, 제가… 다이후쿠 군에게 고백을 받았는데… 어떻게 대답해야 할까요…?"

곤혹.

시오노미야의 표정은 그 두 글자에 집약되어 있었다. 일반적으로 볼 수 있는, 고백받아서 기분이 썩 나쁘지 않은 그런 모습은 어디에도 없었다.

메이드장도 신체 구조상 고개를 숙이지는 못하지만 어두~운 초상집 분위기를 풍기고 있었다. 주인을 돕고 싶은데 방법이 없다는 느낌이었다.

모여 있던 우리 인관연 멤버들도 당장은 아무런 대답도 할 수 없었다.

신칸센의 연결 통로는 생각보다 더 흔들린다. 연결 부분이니까 당연할지도 모르지만, 내 몸이 엄청난 속도로 이동 중인 상자 속에 있다는 걸 통감하게 된다.

타카와시는 팔짱을 끼고서 창밖을 보고 있었다.

교외를 달리고 있어서 그런지 차창은 캄캄하여 아무것도 보이지 않았다.

조언 같은 것을 해 줄 수 있을 리가 없었다.

우리 중에 이성과 사귄 경험이 있는 사람은 아무도 없었기 때문이다.

아이카도 없겠지…? 매혹화 이능력이 족쇄가 되어서 사귀지 못했겠지…?

그러니까 시오노미야의 고민 상담은 취준생이 초등학생에게 어느 회사에 이력서를 내면 좋겠냐고 묻는 것과 같았다. 시오노미야는 우리보다 앞선 필드에 서 있었다.

"추….."

아이카가 입을 여는가 싶더니.

"축하해요, 란란!"

목표물을 정한 야수처럼 시오노미야에게 안겼다.

"꺄악! 뭐죠?!"

예상치 못한 충격에 시오노미야는 넘어질 뻔했다. 아이카가 제대로 끌어안았기에 무사했지만.

뭐야? 설마 여기서 아이카가 란란에게 고백하는 건 아니지…?

"축하할 일이잖아요! 좋아한다는 말을 들은 거죠? 그건 굉장한 일이에요!"

아아, 역시 아이카는 굉장하다.

우선 기뻐해 주면 됐던 거다.

그거라면 이성과 사귄 적이 없는 나도 할 수 있는 일이다. 완전히 맹점이었다.

그리고 아이카에게 안긴 시오노미야가 부럽다….

아니, 오히려 시오노미야를 안은 아이카에게 감정 이입해서 부럽다는 마음도 들었다. 저건 포옹의 차원을 넘었는걸. 시오노미야의 몸, 부드러울 것 같아….

뭔가 시선이 느껴진다 싶더니 타카와시가 나를 보고 있었다.

"백합 영업을 보게 돼서 좋겠네."

"이상한 말 쓰지 마!"

타카와시는 평상시 눈이 삼백안에 가까운데 이때도 마찬가지였다.

이 녀석, 마음을 읽는 이능력자면서 내 마음을 아주 잘 읽는다. 내 마음은 그렇게 읽기 쉬운가? 아니, 타카와시가 특수할 뿐이다. 그렇게 믿고 싶다.

시오노미야에게 좀 더 자세히 상황을 확인했는데, 다이후쿠는 당장 대답해 달라고 하지는 않은 모양이었다.

그래서 우리도 당장 '사귀는 게 낫다'라든가 '그만둬라'라고 의견을 명확히 하지 않아도 됐다. 그건 다행이었다.

다이후쿠도 고백받은 시오노미야가 고민할 거라는 예상은 했을 것이다. 적어도 다이후쿠가 시오노미야를 진지하게 생각하고서 행동하고 있다는 것은 확실하니 그 점은 호감이 갔다.

연애를 하려면 어느 정도는 이기적으로 굴어야 할지도 모르지만⋯. 고백하는 것부터가 상대를 불쾌하게 할지도 모른다는 위험성을 지니고 있으니, 배려심을 최대치로 두면 고백은 영원히 할 수 없다⋯.

"지금은 수학여행에서 돌아가는 길이고, 란란도 피로가 쌓였을 테니까 일단 푹 쉬죠. 그러고 나서 생각하면 돼요~"

아이카가 나와 타카와시도 살리는 적절한 의견을 냈기에 당장은 결론을 짓지 않고 보류하게 되었다.

"네. 정말 감사합니다. 메이드장도 이런 일은 어려워하는 것 같아서⋯."

메이드장은 타카와시가 보고 있는 창문의 맞은편 창문을 바라보고 있었다.

힘이 되어 주지 못하여 자기혐오라도 느끼고 있는 걸까? 어묵 같은 하얀 등(머리?)에서 애수가 감돌았다.

메이드장을 위로해 봤자 소용없지만, 지금은 구체적인 조언을 하지 않음으로써 결과적으로 주인인 시오노미야를 존중하게 됐다고 생각한다. 이런 인생의 중대 이벤트를, 자신의 이능력이라고는 하지만, 다른 누군가가 시키는 대로 움직여서는 안된다.

"괜찮아요! 웬만한 일은 자고 나면 좋은 생각이 나니까요! 일단은 푹 쉬기로 해요!"

"맞아. 아야메이케의 차원이면 그 정도 문제밖에 없지."

"타카와시, 일일이 도발하지 마….."

피로가 쌓였어도 타카와시의 독설은 죽지 않는 모양이다.

시오노미야는 우리에게 정중히 인사하고서 메이드장을 데리고 자리로 돌아갔다. 그에 맞추듯 아이카도 자기 반이 타는 차량으로 돌아갔다.

나는 드레인 관계상 좁은 차내를 다른 사람과 함께 이동할 수 없기에 연결 통로에 남아 있었다.

다만 또 한 명, 타카와시도 우두커니 서 있는 채였다.

"시오노미야가 큰일인 건 알지만, 그레 군은 그레 군대로 난제가 기다리고 있지?"

타카와시의 얼굴은 내 쪽을 향하고 있었으나 시선은 교묘하게 어긋나 있었다.

시선을 맞추지 않고서 위화감 없이 대화할 수 있는 방법을 거의 학습했구나. 내가 타카와시에게 익숙해졌을 뿐일지도 모르지만.

"난제라니 무슨 말이야? 라고 모르는 척해도 별수 없겠지."

통로에 다른 사람이 오지 않았는지 확인했다. 문제없었다.

"아이카를 말하는 건가."

그것 말고는 없을 거다. 타카와시 앞에서까지 얼버무려 봤자

18

어디에도 도달할 수 없다.

타카와시는 돌아가는 신칸센에 타기 전, 교토의 거리를 걸을 때 이렇게 말했었다.

만약 협력이 필요하다면 조건에 따라서는 도와주겠다고.

단적으로 말해서 조건부라는 게 의문이라 별로 부탁하고 싶지 않았다….

악마와의 계약 같은 거라 엄청난 것을 요구할지도 모른다.

하지만 타카와시는 악마가 아니라 악마 같은 성격을 가졌을 뿐이니까 영혼이나 목숨을 내놓을 필요는 없다. 그건 그나마 낫다. 설마 돈을 요구하지도 않을 거다.

타카와시는 특별히 아무런 대답도 하지 않았다.

연결 통로는 진동음이 거세니까 어쩌면 내 대답을 못 들었을 지도 모른다.

그래도 타카와시가 내 대답을 부정하지는 않았을 거다.

"어차피 답은 안 나왔고, 지금은 너한테 부탁하지 않을 거야."

나는 아이카에게 직접 답을 들을 생각이었다.

원래 같았으면 LINE으로 불러내는 사람은 나였다. 내가 아이카를 불러냈을 터였다.

그러기 직전에 시오노미야가 불러낼 거라고는 생각도 못 했지만… 시오노미야의 상황이 훨씬 중대했으니 어쩔 수 없다….

타카와시는 말없이 내 얼굴을 보고 있었다.

야야, 마음속 오픈이 발동할 거야…. 아니, 마음을 읽으라는 건가? 확증은 없으니까 시선은 피할까….

하지만 내가 시선을 피하기 전에 타카와시가 몸을 돌리면서 시선도 옆으로 이동했다.

"뭐, 어차피 그럴 상황도 아니게 됐으니 말이지."

타카와시는 왼손으로 신칸센의 벽을 짚어 몸을 지탱했다. 확실히 힘없이 서 있다는 인상은 들었다.

"시오노미야의 일을 먼저 어떻게든 해야 해. 같은 인관연 멤버고."

"그건… 그렇지…."

솔직히 말하자면 아이카와의 문제를 잠시 미룰 수 있어서 안도하는 마음도 들었다.

옹졸하다면 옹졸했다. 최소한 소년지의 주인공 같은 사고는 아니었다.

하지만 어차피 다소간의 휴식 기간은 필요했다.

나는 내 사정과 시오노미야의 사정을 동시에 처리할 수 있을 만큼 처세술이 좋지 않다. 3일간 수학여행을 보낸 것만으로도 상당한 체력과 기력을 소모했다.

돌아가면 틀림없이 곯아떨어진다. 힘이 남아도는 녀석에게서 드레인하고 싶을 정도다.

"그럼 나도 돌아갈게. 먼저 실례."

타카와시는 일방적으로 말하고서 내 옆을 지나쳐 연결 통로를 떠났다.

바로 따라가는 것도 이상할 것 같았기에 화장실에 들렀다가 자리로 돌아갔다.

★

지금 생각해 봐도 수학여행의 정보량은 이상했다.

내 인생에서 확실하게 최대 밀도였다. 그렇게나 여러 사람과 여러 방향으로 엮인 적은 없었을 거다.

오랫동안 같은 반 아이들과도 엮인 적이 없었으니 말이지!

자학한다고 해서 좋은 점 따위 없지만, 지금은 진성 외톨이였던 기간이 살짝 부럽다.

시험공부에 전력투구할 수 있다니, 그건 그것대로 축복받은 일이었다.

인간관계가 늘어나면 공부할 시간을 짜내기도 어려워진다. 타카와시라면 아이카의 성적이 나쁜 것을 '바보니까'라는 한마디로 정리할 것 같지만, 단순히 시간이 안 나서 그렇기도 할 것이다.

가령 나와 아이카의 기억력과 사고력이 완전히 똑같더라도 점수는 꽤 차이가 날 것이다. 그렇게나 친구가 많으면 학교 안에서 공부하는 것 자체가 어렵다.

학교는 공부하는 곳이라는 지적을 받을 것 같은데, 학교에 와서 누구와도 얘기하지 않고 오로지 공부만 하는 녀석이 있다면 그 녀석은 칭찬받는 게 아니라 동정받을 것이다.

실제로 나는 거의 동정받았다….

아니, 과거에 너무 연연하지 말자.

지금 내게는 친구가 있다. 외톨이가 아니다.

친구가 생겨서 시험 성적이 떨어지는 건 한심하고, 타카와시도 '같은 반 동성 친구가 생겼다고 들떠서 공부할 새도 없었나 봐'라고 비웃을 테니 확실하게 공부하자!

쉬는 시간에 시험을 생각할 수 있는 나는 그나마 나은 걸지도 모른다.

내 오른쪽 자리인 에리아스는 나보다 더 싱숭생숭한 모습이었다.

에리아스는 하염없이 프린트를 훑어보고 있었다. 표정이 심각하다고 할까, 분위기가 긴장됐다고 할까, 아무튼 쉬는 시간에 보일 태도는 아니었다.

그 프린트는 수업용 프린트가 아니었다.

'선거'라는 두 글자를 아까 봤기 때문이다.

수학여행 중에 에리아스도 말했지만, 곧 있으면 학생회 선거란 말이지.

세이고의 학생회 선거는 2학기 후반인 12월 초에 이루어진다. 올해는 12월 1~2일이 주말이라서 3일인 월요일이 선거일이다.

1학기 초에 선거하면 1학년이 입후보할 분위기가 안 만들어지기에 선거 시기를 그렇게 잡았다고 한다. 그런 만큼 2학년이 입후보해서 당선되면 활동 기간이 수험 공부 기간과 완전히 겹쳐서 힘들 것 같지만… 내신 점수를 올려서 추천으로 합격하려는 녀석도 있고, 괜찮을 거다.

그리고 1년간 부회장을 맡았던 에리아스는 이번엔 학생회장 자리를 노리고 있었다.

참고로 과거의 학생회장도 대부분 먼저 1학년 때 학생회에서 어떤 직책을 맡은 뒤에 학생회장이 됐다. 그야 아무것도 모르는 녀석에게 학교 대표를 맡기는 건 위험하니 학생회였던 녀석을 뽑는 분위기가 된다. 그 분위기에 에리아스도 편승하려는 듯했다.

뭐, 올바른 전략이다. 먼저 부회장으로서 실적을 쌓은 다음 학생회장으로 입후보하는 흐름은 더없이 알기 쉽다.

"제가 학생회장이 되고자 한 이유는… 신세 진 도쿄서부고교에 은혜를 갚고자…."

작은 목소리로 연설을 연습하고 있지만, 옆자리라서 잘 들렸다.

은혜를 갚고자 하는 생각 따위 절대 없을 거다….

그렇다고 해서 '제가 입후보한 건 권력을 쥐기 위해서입니다'
라고 말하면 낙선될 테니까 이런 무난한 말밖에 못 하겠지.

거짓말했을 시 염라대왕님한테 혀를 뽑히는 시스템이 사실
이라면 전 세계의 정치가는 사후에 엄청난 일을 겪을 거다. 아
니지… 싫은 걸 싫다고 말할 수 없는 상황은 살면서 얼마든지
있으니까 모두가 엄청난 일을 겪겠네….

"이 세이고를… 가지기 위해…."

들릴락 말락 한 목소리로 말해서 절묘하게 집중력을 떨어뜨
린다!

공부가 손에 안 잡혀! 에리아스 녀석, 자각 없이도 나를 방해
하는 건가!

악의는 없어도 방해받고 있기에 에리아스를 노려보았다. 노
려보는 대상을 세계사 프린트에서 에리아스로 바꾼 거다. 묵독
해 달라고 불평이라도 한마디 해 주자.

하지만 열중한 표정이 눈에 들어와서….

불평할 마음도 사라졌다.

예쁜 건 이럴 때 비겁하다.

뭘 해도 50%는 더 좋게 보인다.

까짓것 힘내라.

학생회장이 된다고 해서 뭔가가 바뀌리라고 믿지는 않지만,

학생회장이 되고 싶어 하는 녀석을 응원하는 것 정도는 해 주마.

"저는 세이고를 세계 제일의 고등학교로⋯."

"그건 너무 거창하잖아!"

대본이 극단적이라서 나도 모르게 태클을 걸고 말았다.

"나리히라, 도청은 범죄야."

에리아스가 비난하는 표정으로 나를 보았다.

"최소한 엿듣기라고 해."

뭔가 도구를 설치한 것처럼 말하지 마. 그런 발뺌할 수 없는 악의의 결정체 같은 짓은 안 했다. 우연히 자리가 가까워서 목소리가 들렸을 뿐이다.

"그 부분은 세이고를 하치오지 제일의 고등학교로 만들겠다 정도면 되잖아. 스케일이 크면 추상적이어서 거짓말 같아져."

"나리히라한테 조언을 구할 생각은 없는데."

방금 그 발언, 솔직히 말해서 꽤 울컥했다.

"그래. 나는 전혀 관계없어. 마음껏 부딪치고 깨져. 네 책임이니까."

내가 그렇게 말하고 1초도 지나지 않아서⋯.

휙! 날아온 페트병 뚜껑이 팔에 부딪쳤다.

말할 것도 없이 에리아스가 엄지와 검지로 사출한 거였다.

"깨질 거면 나리히라가 깨져."

"그렇게 바로 무력행사에 나서는 시점에 학생회장으로서 부적합한 거 아니야?"

뚜껑이 계속 책상에 있어도 걸리적거리기에 자리에서 일어나 에리아스의 책상에 뒀다. 실질적으로 에리아스에게 무기를 반환한 것이나 마찬가지지만, 내 자리에 두면 그건 그것대로 쓰레기가 늘어나는 거라서 싫다.

"부적합? 현 회장처럼 의욕 없는 인간에게 맡기는 것보다 내가 하는 게 훨씬 낫다고 생각하는데."

현 회장이라고 말한 에리아스는 한층 기분이 나빠졌다. 나랑 있을 때는 대체로 언짢은 표정을 짓지만, 지금은 회장을 생각하고 기분이 나빠진 것 같았다. 자기가 말을 꺼내 놓고 본인이 언짢아하는 건 민폐니까 안 그랬으면 좋겠다.

"회장… 어라?"

지극히 평범한 고유 명사로서 회장이란 말을 쓰면서도 캐릭터가 전혀 떠오르지 않았다.

"회장이 뭔가 하는 이미지, 별로 없네…."

3학년 여학생이었다는 것 정도는 기억하지만, 앞장서서 움직이는 인상은 없었다.

"그야 그 사람은 의욕이 없으니까. 덕분에 내가 부회장 때부터 권력을 장악할 수 있었으니 그건 러키였어."

그러고 보니 학생회가 앞에 나설 때도 회장보다 부회장인 에리아스가 인상에 남아 있었다.

에리아스가 내 지인(최소한 친구는 아니고, 어쩌면 적이라고 해야 할지도 모른다)이라서 그런 점도 당연히 있겠지만, 애초에 회장이 나서지 않고 부회장인 에리아스가 대리를 수행하는 일도 많았던 것 같다.

그렇다면 회장에게 의욕이 없다는 건 사실이리라.

거기까지 생각하니 당연한 의문이 떠올랐다.

"회장이 된 사람이 왜 의욕이 없는 거야…?"

그럴 거면 처음부터 하지 마…. 되기 전부터 귀찮은 직책이란 건 알 수 있잖아….

"몰라. 회장 본인에게 물어봐."

에리아스의 책상 근처에 계속 서 있었기에 또 페트병 뚜껑이 날아와 허리에 부딪쳤다.

벨트에 맞아서 아프지 않지만, 이전보다 위력이 높았던 것 같다.

바로 내 자리로 돌아갔어야 했는데…. 이대로 책상에 뚜껑을 놓고 다시 맞는 무한 루프에 들어가도 곤란하다.

떨어진 뚜껑을 주웠지만 책상에는 조금 기다렸다가 놓기로 했다. 수업종이 울리기 전에 돌려주면 또 공격받는다.

"회장은 의욕도 없으면서 남이 곤란해할 일은 기쁘게 저지르는 구석이 있어."

너 회장한테 쓸데없는 걸 배웠구나.

"너 회장한테 쓸데없는 걸 배웠구나."

"그런 건 소리 내서 말하지 마!"

이런. 너무나도 '사돈 남 말 하네' 안건이었기에 마음속에만 담아 둘 수 없었다.

"뭐, 전형적인 트러블 메이커야. 스펙은 높지만, 그걸 올바르게 안 써."

에리아스는 한숨을 쉬며 투덜거리듯 말했다.

이런 걸 일일이 신경 써도 소용없지만 '올바르게'라는 표현이 마음에 걸렸다.

나는 이 이능력을 어떻게 써야 올바른 걸까.

아무리 발버둥 쳐도 남의 체력을 뺏는 것밖에 안 된다.

남에게 해를 끼치는 것 자체가 잘못된 일이라고 정의한다면, 드레인은 올바른 쓰임새가 없다는 게 된다.

그때 수업종이 울렸다.

나는 내 자리로 돌아갔다. 외톨이를 상징하는 것 같은 장소였지만, 이러니저러니 해도 내 자리에 있으면 마음이 진정된다. 응, 드레인으로 폐를 끼칠 일도 없고.

적극성이 없다고 할지도 모르지만 나에게는 중요한 선 긋기다. 그리고 적극적인 게 좋다고 해서 그게 다른 사람을 쇠약하게 만들어도 될 이유가 되지는 않는다.

다음 수업은 담임인 보죠 선생님의 수업이었기에 심리적으로도 편했다.

실제로 보죠 선생님은 집에 돌아온 것처럼 느긋하게 "다녀왔어~"라고 말하며 들어왔다.

"슬슬 수학여행 기분도 가셨으려나? 이제부터 수험을 생각해야 하니 말이지. 조금씩 궁지에 몰리는 기분이 들 테니까. 이틈에 열심히 청춘을 즐기렴. 후후후후후…."

교사로서 틀린 말은 아닌데, 왜 살짝 협박조인 거야….

보죠 선생님이니까 리얼충에게 질투하고 있는 거려나. 그렇다면 늘 있는 일이다.

"수학여행을 즐기지 못했어도 걱정하지 마. 별것 아니니까. 수학여행을 즐기고 그 대신 재수하는 것과, 못 즐기고 현역으로 합격하는 것 중에서 고르라면 후자가 더 좋으니까! 얼마든지 리얼충을 무지막지하게 밟아 줄 수 있어!"

정말로 리얼충을 향한 질투였다! 진짜로 알기 쉽네!

다만 이렇게까지 당당히 말하면 개그가 된다. 농담이라고 인식되는 동안에는 무슨 말을 해도 세이프다.

수업 중에 LINE 메시지가 왔다.

바지 주머니에서 스마트폰을 꺼내 책상 밑에 넣고 슬쩍 내용을 확인하기로 했다.

수업 중이니까 시오노미야가 보낸 건 아닐 거다. 시오노미야는 그런 불성실한 짓을 절대로 안 한다.

가능성이 있는 사람이라면 아이카일까….

앞쪽에 앉아 있는 타카와시는 내 자리에서 보기에 스마트폰을 만지고 있는 것 같지 않았다.

수업 중에 스마트폰을 몰래 보다니, 나도 완전히 평범한 고등학생 같아졌다. 드레인이라는 핸디캡이 있는데도 여기까지 올 수 있었다. 그런 시답잖은 감상을 느끼며 스마트폰을 체크했다.

다이후쿠가 보낸 거였다.

이상한 목소리가 나올 뻔한 것을 필사적으로 참았다.

뭐야… 이 타이밍에 대체 뭔데…?

그러고 보니 수학여행 다녀오고 다이후쿠와 연락을 안 했다. 오랜만이라고 말할 수도 있었다.

다만 간격이 생겨난 이유는 명료했다.

내 쪽에서는 말 걸기가 어려우니까.

결과적으로 다이후쿠가 시오노미야와 데이트하는 모습과 고백하는 모습까지 내 눈으로 보게 되었다.

천연덕스러운 얼굴로 시오노미야랑 어떻게 됐냐고 물어볼 수 없었다. 시오노미야와 사귀고 싶다는 말은 다이후쿠에게 들었지만, 그렇다고 해도 물어볼 수 없었다.

고백하고 대답을 기다리는 중이라는 것을 나는 알고 있기 때문이다. 게다가 흐름에 몸을 맡겼다고는 하지만 미행이라는 규칙 위반을 저질러서 그걸 알아 버렸다.

아웃인가 세이프인가 따지자면 아웃 중의 아웃이었다. 친구에 대한 상당한 배신행위다. 생판 남이 그러는 걸 봤다면 최악이라고 생각했을지도 모른다.

아무리 자신에게 불우한 일이 많았더라도 그걸 면죄부 삼아 지독한 녀석이 되어도 되는 건 아니다.

나는 한동안 스마트폰을 든 채 경직되어 있었다.

멀리서 보죠 선생님의 목소리가 BGM처럼 들리고 있음을 깨닫고 겨우 정신을 차렸다.

그러고 보니 발신인에 정신이 팔려서 중요한 본문을 확인하지 못했다. 다이후쿠는 내게 뭘 전한 거지?

[고백했어.]

위력이 센 네 글자였다.

이미 알고 있었지만, 그래도 본인이 보낸 걸 보니까 임팩트가 있었다.

[힘냈구나. 그것만으로도 존경할 만해.]

나는 솔직한 마음을 적었다. 이거라면 거짓말은 아니다.

솔직히 대단하다고 생각한다. 상대방에게 호의를 직접 전하는 건 신기나 다름없다.

다이후쿠가 바로 내게 알리지 않은 것도 조심스러운 사안이기 때문이리라.

만나서 얘기하려고 해도 우리 반에는 시오노미야가 있고….
역시 못 오겠지….

[그리고.]

짧은 세 글자가 전송되었다. 직후 뭔가 전할 말이 이어질 것이다.

하지만 고백이라는 중요 사항과 비교하면 전부 덤이다.

기껏해야 응원하던 아이돌의 굿즈 추첨에 당첨됐다는 정도일 거다. 이제 스마트폰을 주머니에 다시 넣어도 될 정도다.

[학생회장 선거에 입후보할 거야.]

"흐엑!"

목소리가 나왔다! 어쩔 수 없었다! 기습이었다. 심지어 이 이상 놀랄 일은 없으리라고 생각했을 때 받은 기습이라서 괜히 더 효과가 컸다.

선생님을 포함하여 모든 급우의 시선이 내게 향했다….

"죄송합니다… 옷 속에 벌레가 들어왔어요."

거짓말이든 뭐든 좋다. 일단 변명해 둬야 했다.

보죠 선생님이라면 스마트폰을 보고 있었다고 해도 혼내지 않을 것 같지만, 그 대신 '흐응, 얼마나 놀라운 말이 적혀 있었길래?' 하며 내용을 확인할 우려가 있었다. 고백했다는 메시지를 보이는 것만큼은 저지해야 했다.

"하구레 군, 수업 중에는 조용히 하자. 벌로 내가 좋은 사람을 만날 수 있게 신사나 절에서 기도할 것."

선생님은 그렇게만 말하고서 다시 판서 작업으로 돌아가는가 싶더니 다시 휙 돌아보았다.

"정말로 기도하고 와! 증거로 신사나 절의 사진을 제출하라고 할 거니까!"

학생들이 웃었다. 이건 나를 향한 웃음이 아니라 보죠 선생님에 대한 웃음이었다.

지금이 보죠 선생님 수업이라 다행이다. 철저하게 혼내는 타입의 선생님이었다면 수업 분위기가 나빠졌을 것이다. 그건 누구에게도 도움이 안 되는 사태. 선생님이 자신을 희생하여 수업을 지켜 줬다.

감사합니다. 좋은 인연도 기원할게요. 타카오산…까지 가는 건 귀찮으니까 하치오지역 앞에 있는 신사에 새전 넣을게요.

맞다… 다이후쿠한테 답장을 안 보냈다.

나는 [힘내.]라고 입력했다가 지우고 [건투를 빌게.]로 변경했다.

이럴 때 무심코 힘내라는 말을 다용하는 것 같다. 무책임해 보이고, 애당초 학생회장 선거에 입후보한 시점에 명백하게 힘내고 있다.

어떤 심경에 의한 일인지는 알 수 없지만, 다이후쿠는 학생회장이 되기로 한 거다. 의외로 한참 전부터 생각했던 걸지도 모른다. 지금도 학생회 서기니까. 일반 학생보다 50배는 학생회에 관심이 있을 것이다.

[시오노미야 옆에 있어도 부끄럽지 않은 남자가 되고 싶어서.]

나는 한동안 화면에 표시된 다이후쿠의 말에서 눈을 떼지 못했다.

다이후쿠의 메시지가 이어졌다.

[대답은 학생회 선거가 끝난 다음에 해도 된다고 말해 뒀어. 물론 회장이 되도 차일지 모르지만, 내 나름의 매듭이야.]

뭔가 쓰려고 했지만 적절한 말이 나오지 않았다.

시오노미야가 너한테 자격이 없다고 생각할 리 없다. 시오노미야는 회장이든 평범한 학생이든 전혀 신경 안 쓴다. 아니, 그런 건 다이후쿠도 알고 있다.

이건 다이후쿠 나름대로 각오를 보이는 방식이다. 다른 녀석이 이러쿵저러쿵할 일이 아니다.

통과 의례.

그런 말이 떠올랐다.

카구야 공주에게 구혼한 귀공자는 공주에게 무리한 난제를 받고 험한 일을 겪는다.

하지만 다이후쿠는 스스로 자신에게 시련을 내리기로 한 거다.

남들은 '선거에 나간다고 해서…'라고 생각할지도 모르지만, 다이후쿠의 정열이 본인을 그곳까지 몰았을 것이다.

좀 더 차분하다고 할까, 좋은 의미에서 냉정한 남자라고 생각했는데, 들끓는 듯한 마음을 가지고 있었구나.

하지만 뭔가가 마음에 걸렸다.

이건 단순히 다이후쿠의 도전으로 끝나지 않을 것 같은데….

또 다이후쿠한테서 메시지가 왔다. 이 녀석, 제대로 수업 안 듣고 있는 거 아니야?

[부회장과 싸우게 되겠지만 후회는 없어.]

아, 이거다!

학생회장 자리를 노린다는 건… 에리아스와 격돌한다는 뜻이다.

세계사 수업 중이지만, 머릿속에 노부나가와 히데요시, 이에야스와 관련된 계보가 떠올랐다.

계보로 보면 친척끼리 죽고 죽인다는 걸 실감한다. 까놓고 말해서 남보다도 친척이나 가족이 더 위험하다.

이 학생회장 싸움도 그런 면이 있었다.

가능하면 아는 녀석들끼리 싸우지 않았으면 좋겠는데….

"응, 오늘은 여기까지! 시험도 얼마 안 남았으니까 확실히 공부하자! 결혼 활동보다 훨씬 간단하니까 이 정도는 가뿐히 클리어하는 거야!"

종이 울림과 동시에 보조 선생님이 사적인 감정을 담아 말하고서 교실을 나갔다. 쉬는 시간까지 잡아먹지 않는 건 감사했다.

내 앞자리인 이신덴은 자리에서 일어나 타카와시 쪽으로 갔다. 사람을 잘 따르는 강아지 같았다.

타카와시에게 이런 친구가 생기는 날이 오다니…. 하긴, 저녀석의 스펙 자체는 원래부터 높았으니까 커뮤니케이션이라는 허들만 넘으면 나머지는 어떻게든 되려나.

쉬는 시간이 되어 학생들 간의 대화로 조금씩 떠들썩해지는 가운데, 약간 질이 다른 목소리가 옆에서 들려왔다.

"타츠타가와 에리아스입니다. 잘 부탁드립니다. 지금부터 제 주장을 말씀드리겠습니다…."

또 에리아스가 연설을 연습하고 있었다.

저 녀석에게는 시험보다 학생회 선거가 압도적으로 더 중대할 것이다.

하지만 진지한 얼굴로 프린트를 읽는 에리아스를 보니 심란해졌다.

혹시 에리아스 녀석, 다이후쿠가 출마한다는 거 모르는 거 아니야…?

남의 일이라고 치부하면 그뿐이지만, 만약 나중에 알고 괜히 충격이라도 받으면 죄책감이 들 것 같고… 말해 둘까.

응, 에리아스를 위해서가 아니라 나를 위해서 말하자.

자리에서 일어나 에리아스 옆으로 이동했다.

반경 1m의 안전한 라인은 대충 파악하고 있었다.

"뭐야…? 옷에 들어간 벌레를 설명하려고 온 거면 전혀 관심 없으니까 돌아가."

벌레라니 무슨 얘기인가 싶었는데, 내가 수업 중에 소리를 냈을 때 쓴 변명이었다. 대충 둘러댔던 거라서 나도 까먹었었다.

"벌레는 관계없어. 애초에 벌레가 아니었어. LINE으로 놀라운 정보를 전달받았어."

"이야기할 상대가 없다고 옆자리인 나를 이용하지 말아 줄래? 수학여행 때 같은 조였던 남자한테 가서 얘기해."

정보를 전하기도 전에 이미 상당히 울컥했지만… 여기서 그만두면 너무 어중간하니까 말해 주자. 어쩔 수 없다.

에리아스는 프린트를 뒤집어서 덮었다.

일단 나한테 보여 줄 게 아니라고 판단한 것 같았다.

"잡담하고 싶어서 너를 이야기 상대로 고른 거 아니야. 100% 너하고도 관련 있는 얘기야."

"…페트병 뚜껑의 재질이 달라진대…?"

그거 나를 공격하는 무기잖아. 왜 내 쪽에서 그런 얘기를 꺼내야 하는데.

이 녀석의 마음속에는 학생회 선거와 나에 대한 적의밖에 없나?

뭐, 좋다. 얼른 말하자. 뜸 들이면 얘기하기 어려워진다.

"다이후쿠가 학생회장 선거에 입후보한대."

본론을 꺼냈지만 에리아스는 나만큼 놀라지 않았다.

오히려 얼떨떨한 모습으로 나를 올려다보았다.

"응, 알고 있어."

"뭐야, 알고 있었냐…. 그런가….“

내가 멋대로 품은 사명감은 헛스윙으로 끝났다.

다이후쿠는 에리아스한테도 말해 둔 모양이었다. 그 부분은 도리를 다하자고 생각한 걸까. 하긴, 같은 학생회에서 일하고 있으니 모르는 것도 이상하다.

이로써 이 이야기는 끝일 터였다. 이 이상 내가 말해 줄 수 있는 정보는 없었다.

다이후쿠가 시오노미야에게 어울리는 남자가 되기 위해 출마한다는 건… 내 입으로 말해도 될 내용이 아니고…. 정말로 아무것도 덧붙일 말이 없었다.

"얼마 전에 다이후쿠한테 들었어. 다이후쿠는 구운 찹쌀떡*

이 되고 싶은가 봐."

에리아스는 담담히 말했다. 구운 찹쌀떡이 실재하는지는 불명이었다. 아마 다이후쿠에게서 뜨거운 기합을 느꼈다는 의미로 말했을 거다.

아니면 다이후쿠를 불살라 주겠다는 적의를 표현한 걸지도 모른다. 선거의 적이 됐으니 가차 없을 것 같고….

"뭐, 그 녀석이 출마하더라도 당연히 내가 당선될 테니까 어찌 되든 좋아. 서기 경험자와 부회장 경험자라면 부회장 경험자를 뽑는 편이 낫다고 생각하잖아?"

"어느 쪽에 투표할지 묻는다면 그렇게 생각하는 녀석이 더 많으려나…."

아마 그럴 거다. 쉬는 시간에 연설을 연습할 만큼 의욕적이면서도 냉정하게 판단하고 있었다.

가뜩이나 다이후쿠는 학생회 안에서도 안 보이게 돕는 역할이었다. 정확히는 부회장인 에리아스가 눈에 띄게 나섰었다. 둘 중 한 명을 뽑는다면 에리아스를 뽑을 학생이 더 많을 것이다.

나처럼 페트병 뚜껑을 맞는 사람이 몇십 명씩 있다면 얘기가 달라지겠지만… 아마 나만 받고 있는 피해일 테니까, 세이고생

※다이후쿠(大福)는 팥소를 넣은 둥근 찹쌀떡을 뜻한다. 여기에서는 이름과 음독이 같아 말장난으로 쓰였다.

은 에리아스에게 부정적인 이미지를 가지고 있지 않을 터다.

다이후쿠와 시오노미야의 연애가 엮여 있기에 에리아스가 압승해 버리는 것도 기분이 복잡해지는 일이지만, 이기긴 할 거다.

"할 얘기는 그게 다야. 방해해서 미안."

이제 얘기는 끝났다고 생각했달까, 내가 할 얘기는 없었지만, 여전히 에리아스는 나를 보고 있었다.

"나리히라, 잠깐 시간 괜찮아⋯?"

에리아스는 내 얼굴을 올려다본 채 중얼거렸다.

반대로 내가 에리아스에게 이렇게 물었다면 '아니, 안 괜찮아'라고 거부당할 가능성이 매우 크지만, 나는 그렇게까지 너무한 짓은 안 한다.

"그래, 왜?"

"잠깐 얘기할 수 있을까? 5층으로 와 줘. 쉬는 시간 동안에 끝날 얘기니까."

에리아스는 부탁하는 순간에만 멋쩍은 듯 눈을 피했다.

"⋯⋯알았어."

"뭔가 대답이 늦게 나왔다?"

이번에는 미심쩍다는 눈으로 보았다.

본인도 시선을 피하고 요구했으면서. 납득할 수 없다.

"조금은 생각할 시간도 필요하잖아. 스마트폰도 컴퓨터도 늦게 로딩될 때가 있어. 참아."

에리아스가 이동하기 시작했기에 나도 2m쯤 거리를 두고 뒤따랐다.

결과적으로 뒷모습을 가만히 관찰하게 됐는데… 역시 이 녀석, 작다. 뒷모습만 보면 중학생이 무리해서 고등학교에 온 느낌이 들었다.

인관연의 시뮬레이션실이 있는 5층은 늘 그렇듯 사람도 없고 으스스할 만큼 한산했다.

5층에는 항상 방과 후에 왔기에 별로 신경 쓴 적이 없는데, 수업이 있는 시간에 오니까 더 살풍경했다.

계단을 올라 5층 안쪽으로 조금 들어간 에리아스가 뒤돌았다.

뒤돌았을 때는 그럭저럭 당돌한 얼굴이었지만 점점 위세가 사라졌다. 물에 떨어뜨린 티슈 같은 반응이었다.

"있잖아… 나리히라한테 부탁하고 싶은 게 있어…."

에리아스는 양손을 어중간하게 앞으로 내밀어서 도자기라도 빚는 듯한 포즈를 취했다. 뭔가를 설명하기 위해 그랬다기보다는 아무것도 손에 잡히지 않는 모습이었다.

"부탁이라니, 그렇게나 날 적대시해 놓고서?"

최소한 페트병 뚜껑을 날리지 않은 날에 부탁해라….

"그, 그건 미안…. 아, 아무튼 얘기만이라도 들어 줘…."

"그야 내용을 듣기 전에는 거절할 수 없고, 거절할 생각도 없어."

에리아스는 몸집이 작기도 해서 약한 모습을 보이면 소형 동물 같아진다.

그러면 내 눈에도 기특해 보이는 거다.

남자가 이랬다면 단순히 잔챙이 같아져서 남녀 모두에게 반감과 모멸을 샀을 테니, 이런 점은 여자가 이득일지도 모른다. 초등학교와 중학교에서 남들보다 급이 낮은 취급을 받은 녀석은 대체로 소심한 남자였다.

지금 생각해 보면 그건 비굴한 태도로 사람을 대해서 적만 만드는 전형적인 잘못된 커뮤니케이션이었다. 다만 소심한 녀석에게 당돌하게 굴라고 해도 어려운 일이다.

뭐, 현재 나는 급을 매길 대상에 들어가지도 못하고 있지만…. 서열에서 벗어나 있는 건 그것대로 슬프다.

"있잖아, 나리히라, 갑작스러운 일이라 당혹스러울지도 모르지만…."

에리아스가 이상하게 어긋난 음정으로 말했다.

어라? 이 분위기는 설마….

나도 고백받는 건가?

아니아니, 이 쓸데없이 비대한 자의식 때문에 창피를 당한 게 몇 번인데. 또 상황만 그럴싸한 거겠지. 나는 그냥 평소와 같은 마음으로 있으면 된다.

하지만 평소와 같은 마음으로 있다가 진짜로 고백받으면 그건 문제 아닌가?

그게 살면서 처음으로 받은 고백이 될 텐데. 그걸 아무렇지도 않게 받아들이는 건 아깝잖아…. 첫 경험은 두 번 다시 오지 않는다고.

화, 확실히 올해는 에리아스와도 그럭저럭 잘 지낸 것 같고, 전년도와 비교하면 호감도도 오르기는 했을 테고…. 수학여행 중에도 분위기는 나쁘지 않았다….

어째선지 에리아스의 입술에 눈이 갔다.

왜 특정 부위를 보는 거야.

솔직히 예쁘긴 하다. 에리아스는 확실히 예쁘다. 나도 남자다. 이걸로 고집을 부리지는 않는다.

잠깐, 잠깐. 아이카를 생각하며 고민하고 있었을 텐데 왜 갑자기 마음이 흔들리는 거야. 아무리 에리아스가 예쁘다지만 이상하잖아. 얼마나 의지박약인 거야.

…왜 나는 고백받는 걸 전제로 두고 있지?

진정하고 에리아스의 말에 대비하자….

"저기, 나리히라가, 내…."

이건 내 애인이 되어 줬으면 좋겠다는 흐름이잖아?! 한번 이상하게 의식하니까 뇌가 전부 그렇게 해석해 버린다.

심장 뛰는 소리가 커졌다.

왠지 시간까지 느려진 것 같다…. 우와, 긴장돼!

"내 학생회 선거의 응원 연설인이 되어 줬으면 좋겠어!"

"……뭐?"

예상치 못한 부탁이었기에 '네'도 '아니오'도 없었다.

"학생회 선거에는 응원 연설인이 한 명 꼭 필요해. 그 역할을… 나리히라가 맡아 주면 안 될까 해서…."

아아, 그렇구나, 그렇구나. 겨우 이해했다. 그런 역할을 가진 녀석이 있었지. 작년 연설 시간에도 후보 본인뿐만 아니라 후보의 친구 같은 녀석이 입후보자를 추천했었다.

그나저나 어떻게 대답할까.

하고 싶냐고 묻는다면 당연히 NO다. 귀찮잖아. 한다고 돈을 받을 수 있는 것도 아니고. 뭐, 금전이 발생하면 그건 그것대로 안 되지만.

하지만 굳이 장소까지 이동해서 부탁했는데 거절하기도 뭐하다. 내가 나쁜 놈이 될 것 같다…. 밥을 얻어먹고 나서 부탁받는 듯한 그런 부담감이 들었다.

…아!

처음부터 내게 선택지 따위 없었다.

"대단히 죄송하지만 사절하겠습니다."

말만 거창하게 했다.

"어…? 왜…?"

에리아스의 얼굴이 배신당한 것처럼 일그러졌다.

죄책감이 든다…. 아니, 그 표정은 너무 충격받은 거 같잖아. 상당한 확률로 거절당할 일이었잖아….

왜냐고? 이유는 간단하다.

만약 내가 에리아스의 응원 연설인이 되면 다이후쿠에게 시오노미야와의 관계를 응원하지 않는다고 말하는 것처럼 되기 때문이다!

심지어 시기적으로도, 시오노미야에게 고백했고 학생회 선거에 나가기로 했다는 걸 다이후쿠가 나에게 직접 전한 후다.

어떻게 봐도 저격이다.

복도에서 마주쳤을 때 뭐라고 말해야 하는데? '당선을 목표로 힘내! 참고로 나는 에리아스의 응원 연설인이 됐어! 멋진 승부를 벌이자!' 하고 말하라고? 비꼬는 거냐! 그런 친구는 싫어!

하지만… 이 이유는 에리아스에게 말하기 어렵다.

다이후쿠가 고백했다는 것은 그 자리에 있었던 에리아스도 알지만… 그와 관련된 이유로 학생회장이 되고자 한다는 것까지 알고 있을까? 그걸 모르겠으니 내 입으로는 말할 수 없다.

"잠깐만! 적어도 이유 정도는 말해! 무시하지 마!"

에리아스가 내게 물리적으로 다가왔다.

구체적으로 말하자면 반경 1m 안쪽으로 왔다.

"야! 드레인 효과가 나타날 거야! 좀 더 뒤로 가!"

"응원 연설인은 아주 중요한 포지션이야! 아무나 상관없다고 생각해서 부탁하는 게 아니라고!"

그럼 괜히 더 부담스럽잖아!

내가 왜 굳이 다이후쿠한테 선전 포고를 해야 하는데! 다이후쿠와 나 사이에 호적수라고 쓰고 '친구'라고 읽는 관계는 없어!

어쩌지. 일이 늘어나서 하기 싫다고 하면 되나.

하지만 에리아스는 그 정도는 참으라고 할 것 같다.

물론 참으라고 강요할 권리 따위 어디에도 없지만, 비인도적이라고 할 만한 내용은 아니니까 다른 이유를 대고 싶다.

어쩔 수 없지. 별로 바람직한 방법은 아니지만….

"너는 내 적이잖아? 적한테 부탁하지 마. 다른 사람을 찾아."

적이라는 점을 강조했다.

에리아스의 얼굴을 볼 수 없었다.

하지만 화난 얼굴이 빨개졌다는 것 정도는 알 수 있었다.

"뭐, 뭐, 뭐…. 아, 그러셔! 알았어! 확실히 나리히라 따위가 응원하러 오면 오히려 지지율이 떨어질 거야. …더 좋은 사람을 찾겠어!"

그야 이렇게 말하겠지. 페트병 뚜껑 공격 정도는 감수하자.

하지만 보복은 더 심했다.

에리아스가 내 발을 힘껏 밟았다!

심지어 이 녀석, 반대쪽 발을 바닥에서 떼고 있었다. 즉, 모든 체중을 한 발에 싣고 있었다! 너무 가차 없잖아!

하지만 거기서 끝나지 않았다.

에리아스가 머리를 숙이는가 싶더니….

내 가슴에 박치기를 먹였다!

"으헉! 너… 폭력은 쓰지 마…. 분개하는 건 좋은데 폭력은 쓰지 마!"

"흥! 적에게 인정을 베풀 필요는 없잖아?"

에리아스는 그대로 머리를 꾹 누르며 도리질 쳤다. 네 머리는 드릴이 아니라서 그렇게 해도 공격력은 없어. 머리카락이 흐트러질 뿐이야.

게다가 이렇게 계속 나랑 가까이 있으면 드레인의 영향을 받을 터…. 살을 내주고 뼈를 자르는 건가? 그렇게까지 해서 보복할 필요는 없잖아.

어쩔 수 없이 양손으로 에리아스의 양쪽 어깨를 잡았다.

강제로 떼어 낼 수밖에 없다.

"아무런 대가도 없는데 도와주는 적이 있으면 이상하다고 너도 생각하지?"

에리아스는 몸집이 작아서 떨어뜨리는 것 자체는 쉬웠지만 그 탓에 눈이 마주쳤다.

어째선지 에리아스의 얼굴이 아까보다 더 빨개졌다.

"흐아?! 흐아?! 너, 너는 무슨 생각을 하는 거야…. 순서가 엉망진창이잖아…!"

에리아스는 눈을 심하게 깜빡거리고 있었다. 상당히 혼란스러운 듯했다.

"무슨 생각이냐니, 보면 알 텐데?"

그리고 순서는 틀리지 않았다. 확실히 나는 손으로 밀어내는 것 자체가 드레인 공격을 겸하지만… 너무 접근했기에 이럴 수밖에 없었다.

이번에는 에리아스의 몸이 가위에 눌린 것처럼 뻣뻣해졌다.

이 녀석, 변화가 너무 극심하잖아. 드레인이 집중력까지 빼앗던가…?

"아, 알았어…. 나리히라가 원하는 대로… 해…."

에리아스가 눈을 감았다. 눈에 먼지라도 들어가서 아까 그렇게 깜빡였던 건가?

어쨌든 에리아스의 어깨에서 힘이 빠진 건 확실했다.

좋아, 너무 접근했다는 걸 자각했나 보다. 가뜩이나 체력이 없어 보이는 에리아스에게 나는 독이나 마찬가지다. 근데 독은 적보다도 심한 표현이다…. 적은 그나마 인격을 인정하는 느낌

이지만 독은 물건 취급하는 것 같잖아….

"내, 내가, 이곳으로 불러냈고… 기, 기껏해야 몇 초면 끝날 테니까, 아, 아무도 못 볼 테고… 나리히라가 그럴 작정이라면…."

나는 그대로 어깨를 밀어내고 냉큼 뒤로 물러났다.

평소보다 기분상 거리를 더 뒀다.

일단 더 이상 피해는 없을 것이다. 내 발을 밟고 박치기를 먹였을 때 생긴 피로는 알 바 아니다.

에리아스는 잠든 것처럼 눈을 감고 있었지만 잠시 후 눈을 떴다.

"드레인이 있는 녀석한테 너무 다가오지 마…. 이렇게나 접근하면 현기증 정도는 일어날지도 모르니까, 안 되겠다 싶으면 보건실에 가."

에리아스는 또 얼떨떨해하다가.

이윽고 살짝 눈물을 글썽거렸다.

"아아… 창피해…. 나한테도 화가 나지만… 나리히라한테는 그보다 백배는 더 화가 나!"

"어?! 울 만한 일이야?! 그건 이상하잖아!"

적이라고는 했지만, 그건 에리아스도 항상 하는 말이고, 울릴 생각은 없었다. 오히려 나는 발도 밟히면서 거절한 만큼의 제재를 먹었잖아! 그랬는데 내가 나쁜 놈까지 되면 안 되지! 여자가 눈물을 글썽거리면 그 순간 남자에게 모든 과실이 있는 게 된다….

"시끄러워! 나리히라 따위 너무 싫어! 엄청나게 불행해져라! 이능력 때문에 고통받아라!"

"저주하지 마!"

이쯤 되면 고등학생의 싸움이 아니었다. 초등학생 수준까지 내려간 것 같다.

"아아, 정말! 나리히라 따위, 평생 실연해라!"

에리아스는 올라온 쪽이 아닌 반대쪽으로 5층 복도를 쌩하니 달려갔다. 그 안쪽에도 계단은 있으니까 교실에는 돌아갈 수 있겠지만….

"왜 뛰는 거야…? 청춘인가? 청춘인 건가…?"

나는 멍하니 에리아스의 뒷모습을 바라볼 수밖에 없었다.

내가 알 수 있는 거라고는.

올 한 해 가장 크게 에리아스의 화를 샀다는 것이다.

최근 들어 조금은 관계가 개선되었다고 생각했는데, 원점으로 돌아간 것을 넘어 마이너스까지 가 버린 기분이 든다.

그래도 저렇게 잘 달리는 걸 보면 드레인 때문에 체력이 많이 떨어지지는 않은 모양이다. 나는 발을 밟히고 저주를 들어도 상대의 몸을 걱정할 정도로는 신사였다. 그 점을 좀 더 세간이 평가해 주더라도 벌은 내리지 않을 거라고 생각한다.

에리아스에게 절대 목소리가 들리지 않을 만한 거리가 되었을 때, 나는 중얼거렸다.

"너도 선거 잘해."

내가 할 수 있는 최대한의 응원은 이 정도였다. 응원 연설인은 어떻게 발악해도 무리다.

불만 있으면 출마를 표명한 다이후쿠한테 말하도록.

에리아스가 없는, 아까 올라왔던 계단을 내려가고 있는데 LINE 메시지가 왔다.

에리아스가 [죽어.]라고 메시지라도 보낸 줄 알았는데 아니었다.

다이후쿠가 보낸 거였다.

[시간 있을 때 단둘이 만나고 싶어.]

여자가 보낸 메시지였다면 고백받을지도 모른다고 이상한 기대를 품었을 듯한 내용이었다.

하지만 여자여도 에리아스처럼 발을 밟기도 하니까 케이스 바이 케이스지….

밟힌 발은 그럭저럭 아팠다.

그렇게나 화냈으니 기회를 봐서 화해하고 싶지만, 그것도 선거가 끝난 다음이겠지….

2 지인 간의 대결은 응원할 때 곤란하단 말이지

　방과 후, 타카와시와 시오노미야에게는 역 앞에 볼일이 있어서 인관연 활동은 빠지겠다고 말해 뒀다.

　"아, 그래?"

　타카와시의 대답은 성의가 없었다.

　그렇다고 관심을 가지면 귀찮으니 고맙긴 했다.

　시오노미야는 "수험도 가까워졌으니 말이죠. 참고서를 고르고 싶은 시기예요." 하고 혼자서 납득했다.

　그런 이유는 아니었지만, 명확하게 거짓말하면 의미 없이 죄책감이 쌓이기에 슬쩍 웃고 말았다. 서양인은 비즈니스 자리에서 일본인이 이렇게 웃는 걸 싫어한다고 했던 것 같다. 좀 더 확실히 의견을 말하라는 거겠지. 뭐, 지금은 일본인끼리니까 상관없지만.

　당연히 내 목적은 참고서 구매가 아니었다.

그러나 역 앞에 볼일이 있는 것은 사실이므로 나는 아무런 거짓말도 안 한 것이 된다.

나는 성실하다.

하지만 자기 입으로 성실하다고 주장하는 사람은 성실하게 안 느껴진단 말이지….

설렁설렁 자전거 페달을 밟아 다이후쿠와 만나기로 한 역 앞으로 갔다. 자전거는 근처에 뒀다.

세이고에서 얘기하면 관계자의 눈에 띌 위험이 있기 때문이었다. 무슨 일로 날 보려는 건지 확인하지 않았지만, 단둘이 만나고 싶다고 했으니 학교가 아닌 편이 무난했다.

그 정도 눈치는 나한테도 있었다.

문제는 눈치가 있다고 해도 외톨이로 전락하면 기어 올라가기가 쉽지 않다는 점이다…. 그건 별개의 난문이다….

사실 외톨이는 집단의 바깥쪽에 있는 존재라서 분위기 파악 능력은 일반인보다 높다. 그걸 이용할 수 없어서 그렇지….

약속 장소에 온 다이후쿠의 표정은 평소와 똑같았다. 평소처럼 눈을 가늘게 뜬 온후한 분위기였다. 2학기에 수학여행 다녀와서 이미지를 바꾸는 녀석은 없다.

"수학여행 이후로 처음 보네."

"그러게. 수학여행에서 정말 굉장한 일을 했어. 다이후쿠 너는 내 목표야."

이건 빈말이 아니라 진심이었다. 심지어 다이후쿠가 한 일은 어릴 때부터 특훈하여 스포츠 세계에서 정상에 올랐다든가 그런 게 아니었다.

나도 마음만 바꿔 먹으면 오늘 이 순간부터라도 다이후쿠처럼 자신의 마음을 솔직하게 전하는 존재가 될 수 있는 거다. 그런 의미에서도 다이후쿠는 내 희망이다.

물론 그렇게 간단히 바뀔 수 없지만…. 그게 그렇게 금방 되면 이 세계에는 긍정적인 녀석들만 있을 거다. 그건 그것대로 힘들다.

인싸만 있는 세계… 우와, 상상만 해도 무섭다. 일정 수의 아싸는 균형을 맞추기 위해서도 존재를 허락해 줬으면 좋겠다. 애초에 아싸라는 표현 자체가 존재를 부정하는 것 같잖아. 무리에 끼지 못해도 살 권리는 있다!

어라…? 결국 지금의 내 모습을 긍정하는 것으로 끝나 버렸다…. 어디까지나 내 목표는 다이후쿠처럼 마음을 전할 수 있는 녀석이 되는 거다.

"나리히라, 너무 칭찬해서 무서울 정도야. 그야 수학여행이었으니까. 이렇게 좋은 판이 깔려 있는데 아무것도 못 한다면 앞으로도 쭉 그럴 것 같았어."

다이후쿠에게 악의가 전혀 없다는 건 알고 있다.

애초에 다이후쿠는 자신에 관해서만 말하고 있고.

하지만 이 말은 내게도 착탄하여 큰 대미지를 줬다!

수학여행이라는 완벽한 무대에서, 심지어 아이카가 먼저 같이 다니자고 말해 줬는데도 마음을 물어보지 못한 나는 뭐지….

아, 비굴한 생각은 하지 말자. 그런다고 행복해지지 않는다. 자신을 낮춰서 상처를 덜 받으려는 행동일 뿐이다.

그리고 아이카에게 마음을 물어 봤자 돌아올 답은 예상이 간다.

네, 나리히라 군은 좋아해요! 인관연 멤버 모두를 사랑해요~!

응, 틀림없다….

만약 나를 이성으로 좋아하고 있다면 수학여행이 끝났어도 기회는 얼마든지 있는 거고, 진작 고백받았을 터다. 나한테 애인이 없다는 것도 알고 있을 테고, 서로 견제하는 여자도 절대 없을 테고. 어찌 되든 좋은 얘기지만, 옛날 럽코 만화를 보면 팬클럽이 있는 미남 미녀가 나오는데, 그렇게 팬클럽이 있는 녀석이 실재할까…? 팬클럽이 생긴 당사자도 힘들 거 아니야.

좋아.

그런고로 이 사안은 일단 봉인한다!

다이후쿠와 만나서 떠올릴 일은 아니다.

"근처를 걸으면서 얘기할까?"

다이후쿠가 말해서 나도 대답했다.

"그래. 나는 끝에 붙어서 걸을 테니까 너는 안쪽을 맡아 줘."

길을 걷는 것만으로도 방해되는 이 이능력 좀 진짜 어떻게 해 줬으면 좋겠다.

먼저 다이후쿠는 공부 얘기를 했다.

공부는 사실 학생에게 거의 확실한 공통 화제로 쓸 수 있어서 편리하다. 날씨 얘기보다 쓰기도 좋다. 일진 소굴 같은 학교라면 안 그럴지도 모르지만, 예외일 테니까 고려 사항에서 제외한다.

남자 두 명이 갈 곳은 대체로 정해져 있었다. 양판점인 산초판사에 들어가서 이것저것 구경하며 얘기했다. 분위기가 조용한 곳은 아니라서 다소 시끄럽게 굴어도 용납되고.

마침 까마귀 퇴치기가 있어서 그걸 화제로 삼았다.

"네가 이런 걸 사면 까마귀가 불평해?"

다이후쿠의 이능력은 까막스피커라고, 까마귀와 대화할 수 있는 힘이었다.

"애초에 효과가 없어. 까마귀들은 똑똑하니까."

"그럼 여기서 파는 거, 거의 의미가 없구나."

"……있잖아, 나리히라."

"응?"

나는 '이걸로 새들도 섯아웃!'이라고 적혀 있는 상품 설명을 보며 반문했다.

"선거의 응원 연설인이 되어 주면 안 될까?"

나는 입을 다문 채 상품 진열대 쪽에서 다이후쿠 쪽으로 몸을 돌렸다.

"그걸 부탁하려고 부른 건가."

"그런 거지."

다이후쿠는 평소 같은 모습으로 말했다.

표정에 변화는 없지만, 바로 말을 꺼내지 못하고 이렇게나 시간이 걸린 걸 보면 그런대로 각오가 있었을 것이다.

"왜 나만 따로 불러내야 했는지는 잘 알았어."

"나리히라는 나와 시노오미야를 만나게 해 준 존재야. 그리고 내가 입후보하기로 한 사정도 알고 있어. 응원 연설인에 더할 나위 없는 인재라고 생각해. 무엇보다 친구고."

평소보다 다이후쿠의 눈이 뜨여 있었다.

정말로 다이후쿠는 나를 높이 평가하고 있을 것이다. 그 정도는 알 수 있다. 귀찮은 일을 떠맡기려고 내게 부탁하는 게 아니다.

하지만 내 대답은 처음부터 정해져 있었다.

"마음은 기뻐. 정말로 기쁘지만, 솔직히 말해서 무리야!"

친구에 대한 예의로서 일단 나는 정중하게 머리를 숙였다.

숙이고 나서, 뭔가 고백을 거절하는 여자 같은 구도라고 생각했다. 약간… 아니, 상당히 기분 나쁜 모습이다. 다른 사람이 안 보기를 기도하자….

최소한 얼른 사정을 설명할까. 내버려 두면 거절한 탓에 어색한 분위기가 될지도 모른다.

"그게… 사실은 에리아스한테도 부탁받았거든. 난 그걸 거절했어…. 그 녀석이 학생회장 자리에 집착하고 있다는 걸 나도 예전부터 아니까 나한테 부탁하지 않았을까?"

"그랬구나. 부회장 편을 드는 것도, 내 편을 드는 것도 곤란한 거네."

영리한 다이후쿠는 내가 왜 거절했는지를 빠르게 파악했다.

어느 한쪽만을 편드는 것은 좋지 않았다.

"맞아. 나는 무편무당, 선거에 관해서는 둘 중 누구의 편도 들지 않는 공기 같은 포지션을 관철하고 싶어."

결과론이지만, 응원 연설인이라는 1엔도 되지 않는 업무를 회피하게 되어서 고마웠다.

응원 연설인을 맡는다고 해서 친구가 늘어나는 것도 아니고, 그런대로 회의도 해야 하니까 시간도 잡아먹는다.

에리아스와 다이후쿠를 위한 일이라고는 하지만, 이벤트를 좋아하는 사람이 아니라면 못 해 먹을 짓이다. 안 그래도 최근 공부에 소홀했고. 작년과 비교하면 공부에 쓸 수 있는 시간이 확연하게 줄어들었다. 아니지, 작년에는 외톨이라서 공부 시간을 왕창 확보했을 뿐인가?

"그런고로, 마음 아프지만 나는 널 위해 움직일 수 없어. 멀리 떨어진 곳에서… 이렇게 표현하니까 죽은 것 같네… 뭐, 좋아, 멀리 떨어진 곳에서 너와 에리아스의 대결을 지켜보기로 할게."

내가 말했지만 나무랄 데 없는 거절이었다.

누구도 상처 입히지 않고, 쪼잔한 모습을 보이지도 않고 도망쳤다.

나는 그렇게 생각했지만….

"하지만 나랑 부회장이 일대일로 붙게 되면 어느 한쪽에 투표는 할 거잖아."

날카로운 지적이 들어왔다!

그 점은 생각하지 못했다.

두 사람에게 한 표씩 줄 수는 없으니… 나는 깨끗한 한 표를 누군가에게 던져야 한다.

타카와시가 있었다면 '깨끗한 한 표? 그레 군의 표라면 탁하지 않을까'라는 식으로 말했을 것 같지만, 갈색 얼룩을 만들어서 투표하는 건 아니니까 물리적으로 깨끗하다. 깨끗한 한 표라고 해도 된다.

"다이후쿠, 투표를 기권하는 방법도 있고, 백지표나 무효표

60

를 낼 수도 있어. 성급한 발상이야."

"하지만 타츠타가와 부회장에게 투표할 가능성도 있는 거잖아."

이 녀석, 의외로 끈질기다…. 세이고의 학생 수는 그리 많지 않으니 한 표 차이가 꽤 클지도 모르지만.

"선거 전에 개인적으로 투표에 관해 너무 언급하지 마…. 살짝 부정에 가까워."

학생회 임원을 뽑는 선거에서 부정을 저지르는 경우가 있을지 모르겠고, 자잘한 규칙도 안 정해져 있겠지만, 지금 다이후쿠의 방식은 그레이존이라는 느낌이다.

조금 치사한 방법인데, 이럴 때 다이후쿠를 물러나게 할 방법을 나는 알고 있었다. 지금 다이후쿠가 내 표를 어떻게 할 거냐고 따지는 것도 좀 그렇다고 생각하니까 그 방법을 쓰자.

"시오노미야는 안 좋게 여기지 않을까."

그 이름이 나온 순간, 다이후쿠의 눈이 살짝 뜨였다.

역시 다이후쿠는 시오노미야를 진짜로 좋아하는구나.

어떤 의미에서 부럽다. 나는 이렇게까지 누군가를 좋아한 적이… 없다고 생각했는데, 아이카에 대한 마음은 사랑에 준하는 걸까? 툭하면 아이카를 생각하긴 하지….

드레인이 없었다면 나도….

그만두자. 그런 건 이미 중학생 때 수없이 생각했다.

드레인이 없는 하구레 나리히라는 이 세상에 존재하지 않는다. 그러니까 생각해도 의미가 없다.

"끈질기게 물어봐서 미안해. 시오노미야에게 당당히 말할 수 있는 선거 활동을 할게. 응원 연설인도 다른 사람을 찾고."

그 말에 거짓은 없을 것이다. 이게 바로 고백한 남자의 얼굴인가. 흔들림 없이 올곧게 보였다.

"그래, 나도 아니꼽게 말해서 미안해. 하지만 시오노미야는 성실한 사람을 무조건 보고 있을 테니까 괜찮아!"

나도 힘 있는 말로 다이후쿠의 새 출발을 응원했다.

웬만해서는 에리아스에게 이기기 쉽지 않겠지만 최선을 다해라. 그러면 운도 트일 거다.

그 후 산초판사에서 나와 다이후쿠와 헤어졌다. 다이후쿠는 내일이 학생회 선거 당일인 것 같은 얼굴이었다.

저 녀석, 표정도 달라졌네. 뭐랄까, 예전보다 분위기가 늠름해졌다.

사람은 사랑에 빠지면 달라진다. 그런 걸 가까이서 볼 기회가 없었기에 일종의 환상이라고 시니컬하게 여겼었지만, 아주 환상인 것도 아닌 모양이다.

그나저나 곤란해졌다.

답을 내지 않고 도망쳤는데, 나는 에리아스와 다이후쿠 중에서 누구에게 투표해야 하는 거지…?

정말로 투표용지에 두 사람의 이름을 적어서 무효표로 만들까⋯. 누굴 뽑았는지 말 안 하면 모르겠지만, 뽑지 않은 사람과 만나면 마음이 불편해질 거다. 이런 일로 의식하는 건 바보 같다.

하지만 선거에 나가기로 한 다이후쿠가 에리아스와 마주칠 걸 생각하면 이 정도 불편함은 대수롭지 않으려나.

다이후쿠와 에리아스, 학생회실에서 어떤 분위기일까⋯. 눈앞에 적이 있는 거잖아⋯. 내가 학생회 임원이었다면 도망치고 싶었을 거다.

다이후쿠여, 열심히 자신을 불사르거라. 나는 1m 떨어진 곳에서 지켜보겠다.

귀가하는 동안 LINE이 와 있었다. 타카와시가 보낸 거였다.

[네가 결석했다고 아야메이케가 아쉬워했어.]

어째서 그걸 일일이 나한테 말하는 걸까.

하지만 섣불리 물어보기도 무서우니까 그만두자⋯.

내 안에서 학생회 선거 문제는 해결됐다. 최소한 직접 엮일 일은 없어졌기 때문이다.

그날은 평소보다 시간을 들여서 공부했다.

공부도 자기 개발일 테니까 이것도 다이후쿠처럼 자신을 높이는 노력의 일환이라고 생각하자.

★

이튿날, 등교했을 때부터 뭔가 좀 이상했다.

누군가가 줄곧 나를 보고 있는 것 같았다. 나를 쫓아다니며 노릴 사람이라면 에리아스밖에 없을 텐데 그것도 아니었다.

왜냐하면 남자 화장실에 들어가도 화장실 밖에 뭔가가 있는 느낌이 들었기 때문이다.

에리아스는 남자 화장실 앞에서 기다리는 짓 따위 안 한다. 그리고 그 녀석이 나를 미행하고 있다면 내가 눈치챌 터였다.

말로 표현하면 민망한데… 어쨌든 오래 알고 지낸 사이다. 그 녀석의 기척 정도는 안다.

그럼 뭐가 있는 거지?

화장실에서 나와 주위를 둘러보았다.

없다.

아무도 없는 건 아니지만, 나를 감시하는 것 같은 녀석은 없어 보였다. 애초에 누군가가 지켜보고 있다는 느낌이 갑자기 사라졌다. 어딘가로 도망쳤나?

이곳이 평범한 고등학교였다면 귀신이라든가 괴기 현상이라든가 자의식 과잉 등을 걱정했을지도 모르지만, 이능력자 천지인 학교란 말이지. 누가 나한테 무슨 짓을 하고 있는 게 아닐까…? 솔직히 귀신보다도 악질적인 이능력자가 더 무섭기에 어떻게든 하고 싶은데….

꺼림칙해서 주위를 관찰했다.

역시 아무것도 없었다.

여학생들이 담소하며 걸어가는 등 평범한 일상이 흐르고 있었다. 나 혼자만 일상에서 붕 떠 있어서 바보 같았다.

"역시 자의식 과잉인가…?"

과하게 비굴해지는 것도 자의식의 일종이니 자의식 과잉인 부분은 있다고 생각한다. 드레인 탓이긴 하지만 그 점은 부정하지 않는다. 오히려 스스로 인정하고 있으니 그만큼 어른이라고 할 수 있고, 구제할 부분은 있다고 평가해 줬으면 좋겠다. 정말로 어리석은 자는 자신이 어리석다는 걸 모르는….

목에 뭔가 차가운 것이 닿았다.

등 뒤에 틀림없이 누군가가 있다. 단연코 기분 탓이 아니다. 오히려 어째서 눈치채지 못했나 싶을 만큼 강렬한 기운을 풍기고 있었다.

"움직이지 마~"

태평한 목소리가 뒤에서 들렸다. 목소리를 들어 보니 틀림없이 여자다. 다소 허스키하긴 해도 남자 목소리는 아니었다.

살기는 전혀 없었다. 애초에 나는 이능력 배틀 세계의 주민이 아니라 일반인이기에 살기를 감지하지는 못했다. 맞닥뜨린 순간 이 녀석이 실력자인지 아닌지는 알 수 없었다.

그런데 이 차가운 건 뭐지? 총이나 단검은 아니겠지…? 그건 너무 무섭다…. 이능력보다 백배는 더 무섭다.

"저기… 누구시죠…?"

"점심시간에 와 줬으면 해. 너도 에리아스가 소중하지?"

한기가 들었다.

왜 에리아스의 이름이 나오는 거야?

설마 이 녀석, 에리아스에게 위해를 가할 셈인가?

이 학교는 그런 무법 지대 같은 환경이 아닐 텐데?

이능력자가 많다고 해서 불이나 얼음으로 죽어라 싸우진 않는다고.

"자, 대답해~ 너의 드레인 능력은 알고 있으니까. 얼른 결론을 내지 않으면 내가 쓰러져 버리잖아."

진짜 정체가 뭐지?

보통내기가 아니다. 그 정도는 알 수 있었다.

"에리아스한테 이상한 짓 하지 않겠다고 약속해 주세요."

"응. 굳이 말할 필요도 없어~ 소중한 후배니까~"

목소리만큼은 줄곧 느긋했다. 이 발언으로 보건대 3학년인가?

"알겠습니다…. 당신을 따를게요…."

"응응~ 확실히 들었어. 거짓말은 안 돼~ 아! 이제 뒤돌아도 돼. 너도 너무 접근하면 몸에 안 좋을 것 같고."

차가운 것이 목덜미에서 떨어졌다.

이제 와서 상대의 말을 의심해도 별수 없다. 돌아서기로 할까. 이마에 식은땀이 맺혔다고 생각하며 뒤돌아보니 그곳에는…. 계산기를 든 여학생이 서 있었다.

"목에 닿았던 차가운 게 계산기였냐!"

당연히 위험한 물건인 줄 알았다. 그 정도로 뒤에서 느껴졌던 기운은 범상치 않았었다. 총이 아니어도 전기 충격기 정도는 될 거라고 생각했었다.

그런데 계산기냐! 지극히 평화적인 아이템이네!

"처음 뵙겠습니다~ **엄밀히 말하면** 처음은 아니지만."

제대로 인사받고 여학생의 얼굴을 살펴보았다.

넥타이 색으로 3학년이라는 것은 알 수 있었다. 3학년은 보라색이었다. 외톨이인 나에게 아는 3학년생이 있을 리가 없는데 대체 누구지?

"아! 누구냐는 얼굴이네. 내 이름은 묘조 마호. 너도 어디서 보거나 들은 적은 있지 않을까?"

"아뇨, 기억나는 게 없는데…."

혹시 연예인이라든가 아이돌 같은 존재인가?

예쁘기는 하지만, 아이돌이라고 할 만큼 초절정 미소녀는 아니었다. 요즘 아이돌은 반에서 좀 예쁜 정도여도 될 때가 있으니까 누가 아이돌이어도 특별히 이상하진 않지만.

"뭐, 평소에는 이능력을 써서 눈에 띄지 않게 지내고 있으니까. 그래서 그런가. 자업자득이네~"

이 사람, 유난히 말끝을 늘이네.

맞다. 신경 쓰이는 점이 또 있었다.

"저기, 묘조 선배는 에리아스와 어떤 관계죠?"

아까 협박하듯 말한 게 신경 쓰였다.

학생회 선거를 앞둔 시기고, 그 녀석이 부정을 저지른 증거라도 갖고 있나? 그 녀석은 부정을 저지를 만한 녀석이 아니다, 라고 말하고 싶지만, 절친 행세를 할 수 있는 입장이 아니라고 할까, 오히려 적으로 인지되고 있지….

증거를 제시하면 '평상시에는 성실한 아이였습니다'라고 답하자.

"에리아스의 목표가 나야."

대사가 살짝 이능력 배틀 만화 같았다. 에리아스는 절대 배틀 같은 거 못 하지만. 최대의 공격이 발을 밟는 거다. 일반인인 내게는 그럭저럭 대미지를 준다.

"아직도 감이 안 와?"

묘조 선배는 오른손 엄지로 자기 얼굴을 가리켰다.

"솔직히 말해서 안 오네요."

최소한 에리아스가 이 사람의 이름을 꺼내며 목표라고 말한 적은 없었다.

"나 현직 학생회장인데."

씨익.

이를 보이며 학생회장은 즐겁게 웃었다.

"그런 거였나!"

그러고 보니… 이 학교 학생회장의 성이 묘조였던 것 같다.

"그럼 점심시간에 학생회실로 와 줘… 라고 하고 싶지만, 거긴 너무 눈에 띄니까 사회과 준비실에서 보자."

내가 안 가서 에리아스를 위기에 빠뜨리는 것도 싫고, 이 사람이 궁금하기도 하고, 일단 가 보기는 하자.

★

사회과 준비실은 각 학년의 교실이 있는 건물과는 다른 동에 있었다.

다만 이 특별동은 검도부나 유도부가 쓰는 무도장과 미니 사이즈 체육관과 연결되어 있어서 운동부도 그렇고 의외로 사람은 많이 드나들었다. 뭐, 나와는 그다지 상관없는 장소다.

사회과 준비실은 그런 특별동에 있었다.

수업을 준비하기에는 교실이 다른 동에 있고, 실험실이 필요한 과목도 아닌데 왜 여기 있는 걸까.

문은 잠겨 있지 않았다. 문이 20% 정도 열려 있으니 이리로 들어오라는 거겠지. 거의 면식이 없는 교사가 안에 있으면 어색하고, 세계사 담당인 보죠 선생님이 있어도 그건 그것대로 일이 귀찮아지겠지만 어쨌든 들어가자.

"실례합니."

'다'가 거의 안 들리게 인사하고 입실했다.

어색한 사태가 벌어지진 않았지만, 날 불러낸 학생회장조차 없었다.

작은 테이블 하나와 접이식 의자 몇 개가 놓여 있을 뿐이었다. 주위에 책장이 늘어서 있었고, 구석에는 거대한 지도가 포스터처럼 말려 있었다. 세계사나 지리용 지도일 것이다. 허름했던 초등학교 도서실과 비슷한 냄새가 났다.

"딱 봐도 기다리게 할 것 같은 타입이긴 했지."

그렇게 중얼거린 순간, 바로 옆에서 강렬한 기운이 느껴졌다.

"기다리게 할 것 같은 타입일지도 모르지만, 기다리게 하진 않아~"

퍼뜩 놀라서 옆을 보니 묘조 학생회장이 앉아 있었다!

의자가 아니라 테이블 위에. 딱 봐도 테이블 위에 앉을 것 같은 타입이기도 했다.

다리를 크게 벌리고 있어서 버릇없어 보인다고 할까, 치마 속이 보일 것 같았지만, 어찌 되든 좋은 일이기에 길게 말하진 않겠다.

그리고 이것도 어찌 되든 좋은 얘기지만, 얼굴 옆에 피스 사인을 만들고 있었다. 얼굴이 작아 보이는 효과라도 노린 건가. 응, 정말로 어찌 되든 좋은 얘기다.

애초에 좀 더 신경 쓰이는 부분이 있었다.

"저기… 언제 온 거죠…?"

내가 준비실에 들어왔을 때, 학생회장은 없었다.

설마 내가 눈치를 못 채진 않았을 거다.

좁은 방이다. 게다가 누가 있는지 확인도 했는데 테이블에 앉아 있는 사람을 못 볼까?

"언제 왔냐니, 5분 전에 와 있었어. 기다리게 안 한다고 했잖아."

학생회장은 웃으며 말했다. 놀리는 것처럼 웃긴 했지만, 아마 진실을 말하고 있을 것이다.

"여우한테 홀린 얼굴이네. 뭐, 숨길 일도 아니니까 가르쳐 줄게. 내 이능력은 '최량 자기 재량 일인극'이라고 해."

조금 마니악한 밴드의 곡명 같다. 타카와시한테 물어보면 정말로 그런 곡명이 있다고 말할 것 같다.

"나는 나에 대한 인식 수준을 변화시킬 수 있어. 그래서 네가 여기 들어왔을 때는 주목도를 최저치로 낮췄다가 나중에 최대치로 높인 거야."

주목도를 마구 낮춘 탓에 투명 인간처럼 나는 거기 사람이 있다는 걸 몰랐다는 건가. 화려하진 않지만 편리해 보이는 이 능력이다. 이능력은 대체로 드레인보다 낮지만.

그런 일이 가능한가 싶은 생각은 드는데, 짚이는 바는 있었다.

"오늘 하루 누군가가 절 보고 있는 느낌이 들었지만 전혀 찾을 수 없었는데 그것도 회장이 능력을 써서 그런 건가요?"

"맞아, 맞아. 바로 그거지. 네가 찾으려고 하면 냉큼 인식 수준을 낮췄어. 그러면 너는 나를 발견하지 못하는 거야. 우연히 걸어가던 학생A보다도 눈에 안 띄었을걸?"

회장은 다리 사이로 양손을 축 늘어뜨렸다. 회장이면서 불량 학생 같다.

"1학년의 아서왕처럼 모습만 사라지는 이능력과는 근본적으로 성질이 달라서 목소리도 존재도 인식하지 못하게 돼."

1학년의 아서왕—인관연이 이능력 극복을 도왔던 아사쿠마를 말하는 거였다. 확실히 얼핏 보면 비슷한 이능력 같지만 본질은 전혀 달랐다.

"저기… 실례지만 저는 지금껏 학생회장을 의식한 적이 거의 없단 말이죠. 학생회라고 하면 부회장인 에리아스가 더 눈에 띄었던 것 같은데…."

나는 단순히 에리아스가 지인(자주 적이 되기도 한다)이라서 다른 사람보다 신경이 쓰이니까 더 잘 보이는 거라고 생각했지만….

"응, 내가 주목받지 않도록 인식 수준을 크게 낮추고 있었어~ 이왕이면 일은 안 하는 게 좋잖아."

학생회장은 죄의식 따위 전혀 없는 얼굴로 말했다.

역시 그랬나. 학생회는 에리아스가 실권을 잡고 있었다기보다 학생회장이 실권을 포기하고 숨어 있었던 거다.

에리아스는 에리아스대로 진두지휘하고 싶어 했으니 딱 좋았으려나. 학생회장도 에리아스도 자기가 통솔하겠다며 대립하는 것보다는 훨씬 나은 타협점이었을 거다.

다만 그런 의욕 없는 사람이 왜 학생회장이 됐느냐는 의문은 남았다.

일하기 싫다면 학생회장이 안 됐으면 됐을 텐데….

"학생회장이 되면 내신 점수를 잘 받을 수 있잖아? 추천으로 대학에 들어가면 수험 공부를 안 해도 되고."

또 간단히 답이 나왔다. 게다가 역시 이 사람다운 이유였다.

"그리고 이 학교는 학생회 선거가 12월 초에 있잖아. 3학년이 학생회에서 은퇴하고 수험 공부에 전념할 수도 없으니, 추천으로 대학에 들어가는 건 거의 기정 루트란 말이지~ 수험 공부 대신 학생회 활동이랄까?"

그렇구나…. 학생회장으로 대충 지낼 수 있다면 수험을 앞두고 필사적으로 공부하는 것보다 훨씬 편한 건가.

"아주 편리한 이능력이네요. 빈말이 아니라 정말로 부러워요."

활용할 방법은 얼마든지 있을 것 같고, 무엇보다 마음대로 이능력의 강약을 조절할 수 있다는 점이 치사했다.

나도 세게 드레인하는 식으로 조절은 가능하지만, 드레인은 확실하게 발생하니 말이지…. 디폴트값을 오프로 둘 수 있다면 고생하지도 않을 텐데….

근데 아직 아무것도 해결되지 않았다. 현재 나는 회장의 이능력이 뭔지 알았을 뿐이다.

"저기… 회장은 저를 무슨 이유로 부른 건가요…?"

나를 부른 목적조차 알려 주지 않았다.

그리고 '너도 에리아스가 소중하지?'라고 한 것도 신경 쓰였다. 잊기 어려운 내용이다.

누군가를 끝장내라는 위험한 의뢰는 아니겠지만, 아직 학생회장의 성격도 완벽히 파악하지 못했고, 꺼림칙하긴 했다.

"출마!"

학생회장은 다리 사이로 테이블을 짚고 상체를 앞으로 내밀며 말했다.

위세는 좋았지만, 무슨 말인지 모르겠다.

"네가 학생회장 선거에 입후보해 줬으면 해~"

학생회장은 '과자 좀 사다 줄래?' 정도의 캐주얼한 태도로 말했다.

그래서 나도 대수롭지 않은 말을 들었다고 착각할 뻔했다.

"으액?! 제가 학생회장 선거에?! 무슨 그런 말도 안 되는 소리를!"

친구가 적다든가 그런 걸 따지기 이전의 문제다.

실적도 경험도 아무것도 없는 1학년이 선거 직전에 출마를 결심해서 당선될 수 있는 직책이 아니었다.

"아~ 괜찮아, 괜찮아. 학생회장이 못 되면 뭔가를 뺏지는 않을 테니까. 그냥 출마만 해 주면 돼. 단, 서기나 부회장 후보로 나가는 건 안 돼. 무조건 학생회장이야."

내 머릿속에는 당연히 에리아스와 다이후쿠의 얼굴이 떠올랐다.

일대일 대결이었던 것이 삼파전이 되는 건가.

아니, 내가 받을 표는 많아 봤자 열 표 정도니까 대항마도 못 되겠지…. 배틀 만화에서 새로운 적에게 잔혹하게 살해당할 뿐인 허접한 양아치 같은 포지션이다. 열 표 정도는 넣어 줘라…. 세 표 수준이면 진짜로 땅 팔 거야.

"최종적으로 못 이기는 건 어쩔 수 없지만, 기념으로 입후보하는 건 안 돼. 출마해서 본격적으로 선거 활동도 해 줘야 해. 전력으로 에리아스와 경쟁해 줘."

또 에리아스의 이름이 나왔다.

의도는 불명이지만, 회장으로서 부회장을 신경 쓰고 있는 건 확실한 듯했다.

"저기, 근데 왜 저를 학생회장 선거에 출마시키려는 건가요?"

"그게 여러 가지로 더 재미있어질 것 같잖아."

재미 중시냐!

심지어 나를 설득할 마음조차 없어!

"죄송한데… 아니지, 제 잘못은 전혀 없지만, 학생회장의 오락을 위해 입후보하진 않을 거예요. 단적으로 말해서 메리트가 전혀 없어요."

당연하지만 입후보할 리가 없었다.

"지는 거야 그렇다 치고, 학생회장이 돼도 곤란하지만, 입후보했는데 총득표수 세 표면 인생의 흑역사가 되는 거예요!"

처음에는 열 표 정도는 받을 수 있으리라고 생각했지만, 너무 안일한 예상인 것 같았기에 빠르게 하향 수정했다. 에리아스도 다이후쿠도 자신한테 투표할 테고, 타카와시는 선거 자체가 시답잖다며 투표를 안 할 것 같고….

"그런가~ 그럼 포기할 수밖에 없나~"

회장은 천장을 올려다보며 그렇게 말했다.

가벼워!

공기 중을 떠도는 민들레 씨만큼 가벼워!

이 사람, 내가 '알겠습니다! 학생회장에 도전하겠습니다!'라고 말할 줄 알았나? 의도를 진짜 모르겠다.

그런 건 1만 엔을 준다고 해도 사절이다. 3만 엔이라면 고민은 하겠지.

그래도 꼭 출마해 달라고 강요하는 것보다는 낫나.

"에리아스를 위한 일이라고 생각했는데 말이야~"

그 이름은 역시 무시할 수 없었다.

내가 얼굴과 이름을 일치시켜서 떠올릴 수 있는 세이고 학생은 그리 많지 않은데, 그중 한 명이었다.

"뭐가 어떻게 돼서 에리아스를 위한 일이 되는 거죠?"

"어? 궁금해? 알고 싶어?!"

학생회장은 또 얼굴을 앞으로 쭉 내밀었다.

내가 아는 여고생 중에서 가장 여고생다운 캐릭터인 것 같다. 지금까지 1위는 아이카였지만, 기록이 경신됐다.

"그치만~ 나도 학생회장인걸. 에리아스의 상사야. 그러니 걱정도 한단 말이지~"

회장은 '히죽히죽'이라는 표현이 적절해 보이는, 전체적으로 세상을 얕보는 듯한 웃음을 지었다.

단적으로 말해서 설득력은 없었다. 걱정하는 사람의 얼굴은 아니었다.

"사실은 걱정 같은 거 안 하죠? 제가 출마해서 에리아스와 부딪치면 더 재미있어질 거라고 생각해서 이러는 거죠?"

"너무하네~ 이래 봬도 나는 모성적인 캐릭터야~"

회장은 에헴 하며 가슴을 쭉 폈다.

거짓말. 어디에 모성 요소가 있냐 싶었는데 가슴이 꽤 컸다.

이건 에리아스를 넘어서지 않았을까…. 대체 무슨 컵이지?

"가슴을 너무 본다."

시선을 휙 돌렸다. 여자는 누가 자기 가슴을 본다는 걸 잘 아는구나…. 하지만 먼저 가슴을 내민 건 그쪽이고, 방금 그건 내 잘못은 아니지…?

"학생회장, 저는 출마 안 해요. 응원 연설인을 찾기도 귀찮고….."

친구가 별로 없단 말이야. 응원 연설인이 되어 줄 사람을 찾을 수는 있어도, 그 일을 맡긴 시점에 귀찮은 무보수 노동을 시키는 건 확정이라서 너무 미안하다.

"일생일대의 소원이라고 해도 안 될까?"

"친구도 아닌 녀석한테 일생일대의 소원을 쓰려고 하지 마!"

심지어 당신, 반년에 한 번은 일생일대의 소원을 쓰는 타입이잖아. 믿을까 보냐. 애초에 믿는 사람이 있어?

영 대하기가 어렵다…. 학생회장이면서 경박하고.

이런 여자가 존재한다는 건 알고 있었지만, 나한테 말을 거는 일은 살면서 지금껏 없었다. 대처법을 모르겠어….

하지만 나도 모르는 사이에 출마하게 되는 일은 불가능하니까 계속 거절하면 되려나.

"에리아스를 위해서란 이유만으로는 부족한가 보네~"

어떤 점이 에리아스에게 도움이 되는지 가르쳐 줬으면 좋겠다.

"그럼~ 보상을 할게. 그 얘기를 듣고 나서 결정해 줄래?"

처음부터 보상 정도는 얘기해 줬어야지. 보상도 없는데 한다고 말할 리가 없잖아.

"일단 들어는 볼게요. 단, 소프트크림을 한 번 사 주겠다는 건 안 돼요."

아주 저렴한 보상이 나올 것 같았기에 미리 견제해 뒀다.

"그럼 세 번."

"횟수의 문제가 아니야."

딱히 나는 소프트크림 덕후가 아니라고. 굳이 따지자면 좋아하지만.

"너 이능력 때문에 어려움을 겪고 있지? 자기 의지로 온·오프할 수 없는 이능력은 생활하기 어렵지."

내게 말을 건 시점에 드레인에 관해서는 전부 알고 있었으려나.

"이능력을 제어하는 법, 내가 알려 줄 수도 있는데."

그냥 넘어갈 수 없는 말이 나왔다.

하지만 기뻐하긴 이르다. 그렇게 간단히 드레인의 고통에서

해방될 수 있을 리가 없다. 게다가 대충대충이 삶의 모토인 듯한 사람이 꺼낸 말이다.

하지만 거짓말이라고 단정 지을 수도 없었다. 정보 조사는 필요하다.

"회장은 어느 정도 수준으로 제어할 수 있죠?"

학생회장은 못된 얼굴로 씩 웃었다. '미끼를 물었구나'라고 얼굴에 적혀 있었다.

하지만 나는 미끼를 물었어도 당장 낚싯바늘에서 벗어날 수 있다고 생각하고 있었다. 아직 신용할 수 없다.

다만… 이렇게나 노골적으로 신용하기 어려운 캐릭터를 연출하고 있는 것에 위화감은 들었다. 속일 생각인데 처음부터 속이기 어려워지는 캐릭터를 연출하는 건 이상하다.

"나도 중2 때까지는 이능력을 대략적으로만 쓸 수 있었단 말이지. 예를 들면 학급 전원의 인식을 내게 모으거나, 학급 전원의 인식을 다른 데로 돌리는 식으로. 오히려 의도치 않게 주목을 모으기도 했어."

"반대로 말하면 지금은 아니라는 건가요?"

"이 학교에서 너만 나를 인식하게 하는 등 개인별로 인식의 강도를 나눌 수 있어. 관계자 외 출입 금지인 곳에도 마음대로 들어갈 수 있답니다~"

회장은 손으로 V자를 만들어 내밀었다. 철저히 가벼웠다. 이렇게나 학생회장답지 않은 학생회장도 찾기 힘들 거다.

"최소한 지금은 상시 발동형이 아니야. 온·오프 타이밍과 범위도 세세하게 조절할 수 있어. 사회에 도움이 되는지를 따지면 미묘해서 공헌 레벨은 딱 중간인 3이지만, 자신에게 편리하다는 점에서는 정상급이지 않을까?"

회장은 조곤조곤 해설을 시작했다.

"말허리를 잘라서 죄송한데, 공헌 레벨 3은 중간이 아니에요. 공헌 레벨 0이 있거든요. 1이 최저치가 아니라고요….."

나는 아침에 회장이 그랬던 것처럼 오른손 엄지로 내 얼굴을 가리켰다.

그거, 실은 0부터 5까지 6단계 평가란 말이죠….

"그랬구나~ 공헌 레벨 0이면 차원이 달라서 멋있네~"

"그래서 이 차원에서는 안 멋있어요! 그리고 회장이 말하는 이능력은 너무 편리해서 아직 믿을 수 없어요!"

그게 가능하면 솔직히 어떤 범죄든 저지를 수 있을 것이다. 내가 생각하기에도 시답잖은 예시지만, 여탕에 마음대로 들어갈 수 있다. 뭐, 여자가 여탕에 들어가도 공짜로 목욕할 수 있다는 의미밖에 없겠지만….

그 외에 도둑질도 마음껏 할 수 있지 않을까. 엄청나게 반사회적이야….

"단적으로 말해서 회장 같은 이능력자가 여기저기 흔했다면 세상은 좀 더 혼란스러웠을 거예요. 그렇지 않다는 건 그런 무시무시한 이능력자가 예로부터 별로 없었다는 말이잖아요."

"믿을 수 없다면 지금 바로 교무실에 가서 학생이 볼 수 없는 서류라도 가져다줄까? 너는 교무실에 들어와서 그 모습을 지켜보면 돼."

"학생회장이니까 좀 더 무난한 방법을 제안해 주세요…."

담배를 피우거나 싸움질하는 불량 학생과는 다르지만….

이 사람은 이 사람대로 불량하다.

권력의 바깥에 있는 부분이 있다.

학생회장이 권력의 바깥에 있는 건 모순이지만… 이 사람은 그렇게 말할 수밖에 없다. 적어도 이 사람에게 권력욕은 없었다.

"회장의 이능력 제어가 사실이더라도, 그거 저한테도 적용할 수 있는 방식인가요?"

"글쎄?"

회장은 손바닥이 천장을 향하도록 과장되게 양손을 들었다. 일관되게 능청스러운 태도였다.

"이능력은 천차만별이고 십인십색이지만, 기본적인 운용법은 비슷하잖아? 똑같이 인간이 가진 힘이니까~"

그야 그렇긴 했다. 하드웨어는 똑같은 거니까. 팔이 여섯 개 있는 아수라 같은 인간만 이능력을 쓸 수 있는 건 아니다.

"생활에 지장이 없을 수준으로, 으음… 체력 흡수 능력이었던가? 힘을 조절할 수 있을지도 몰라. 뭐, 책임은 못 지지만, 훈련을 봐주는 것 정도는 해 줄게~ 어차피 한가하고."

"당신 수험생이잖아."

지금 2학기 후반이라고. 올해가 앞으로 두 달도 안 남았다고.

"추천으로 입학은 정해져 있으니까☆"

회장은 V자를 만들어 오른쪽 눈 위로 올렸다. 혀도 내밀고 있었다. 이 사람의 어떤 요소를 추천할 수 있는 건지 의문이다.

나는 오른손을 앞으로 내밀었다.

"3분 기다려 주세요."

"정말 3분으로 되겠어? 초로 환산하면 180초인데."

"부족하면 적당히 연장할 거니까 괜찮아요."

그건 반칙일지도 모르지만, 회장이 하는 짓도 규칙을 벗어난 점이 많으니까 밀어붙이자.

내 이능력을 무해하게 만들 수 있다면….

수학여행 3일째의 광경이 머릿속을 스쳤다.

다이후쿠와 시오노미야가 나란히 걷는 장면이었다.

그때 두 사람은 사귀는 사이가 아니었다. 지금도 사귀는 사이가 아니니까.

그런데도 두 사람은 그렇게나 가까웠다.

떠오르는 것은 다이후쿠와 시오노미야의 표정이 아니라 거리였다.

나와 아이카도 그렇게 가까이서 걸을 수 있었다면, 스스럼없이 나란히 걸을 수 있었다면… 그 시간을 더 즐길 수 있었을 것이다.

솔직히 말해서 예전의 나였다면 이런 일에 나서지 않았겠지만….

"회장, 한 번 더 물을게요. 제가 출마하면 정말로 에리아스에게 도움이 되는 거죠? …현재로서는 전혀 납득이 안 가거든요. 어떻게 에리아스에게 도움이 된다는 거예요?"

그렇게 회장에게 물은 시점에 나는 반쯤 결론을 낸 거였다.

회장은 오른손으로 피스 사인을 만들었다.

"나는 나대로 네가 모르는 에리아스를 많이 알고 있어. 그래서 그런대로 자신이 있어. 그리고 내가 재미있어하는 것과 다른 사람에게 도움이 되는 건 모순 없이 성립되는 일이잖아~? 그게 성립된다고 생각했기에 말을 건 건데."

역시 구체적인 이유는 말하지 않네…. 얼버무리는 타입이다…. 하지만 이 사람이 어떤 근거에 기반하여 내게 말하고 있는 것은 믿어도 될 것 같았다.

단순히 선거를 혼란에 빠뜨리는 것이 목적이라면 딱히 나를 목표물로 삼을 이유가 없다. 내가 이능력 때문에 어려움을 겪고 있기는 하지만, 좀 더 출마시키기 쉬운 녀석은 얼마든지 있을 터다.

"알겠어요. 출마할게요."

이 사람이 이능력을 제어하게 됐다는 증거는 없고, 에리아스에게 도움이 된다는 증거도 아직 없지만, 그렇게 말했다. 그렇게 말해 주자고 생각했다.

내성적인 사람의 나쁜 버릇은 생각에 생각을 거듭하여 아무것도 안 하거나, 시기를 놓치는 것이다. 바로 내가 그랬다.

돌다리를 두드리고 건넌다면 의미도 있지만, 건너지 않고 감상만 늘어놓는다면 건너편에는 영원히 도달할 수 없다.

아이카와 교토를 돌았던 것도 아이카가 같이 돌자고 말해 줬기 때문이다.

나는 좀 더 직접 움직이는 편이 좋다.

이상한 얘기지만, 경솔하게 행동해서 후회하더라도 그게 나았다.

그리고 나도 다이후쿠나 아이카나 시오노미야처럼 한 걸음 내딛고 싶었다.

"어? 진짜? 너 자포자기한 건 아니지?"

이 녀석 무슨 소릴 하는 거지, 라는 눈빛을 받았다.

"자기가 제안해 놓고서 그렇게 반응하면 안 되죠!"

조금쯤은 자기가 한 말에 책임을 지란 말이다. 학생회장으로서 가장 중요한 소질이 왜 없는 거야.

"아니, 물론 나는 즐거워지고, 에리아스를 생각한 일이기도 하지만, 그런가, 그렇게 나오는 건가~"

역시 즐거워지는 게 가장 중요한 의의구나. 알고는 있었지만.

"어떤 문호가 말했듯 부끄럼 많은 생애를 보낸지라, 학생회 선거에 나가서 창피를 당해도 새삼스럽지 않거든요. 빚이 100만 엔 생기는 것도 아니고."

그리고 다른 메리트가 전혀 없는 것도 아니다.

내가 출마하면 에리아스와 다이후쿠 중 누구에게 투표할지 고민 안 해도 된다!

한쪽 편을 들면 사이가 어색해질 게 뻔하다. 그건 피할 수 없는 일이다.

아무리 이론으로 무장하고 억지를 부려도 그건 자신을 용서하기 위한 변명일 뿐, 진심으로 그렇게 믿는 건 아니다. 설령 에리아스와 다이후쿠가 신경 쓰지 않는다고 하더라도 다름 아닌 나 자신이 신경 쓰인다.

그래서 최종적으로 누구에게도 투표하지 않는다는 결론을 내리겠지만, 그건 그것대로 솔직하게 두 사람을 응원하지 못한 것이 미련으로 남을 것이다.

심지어 한 표 차이로 결과가 갈린다면… 죽을 때까지 부정적인 기억으로 남을 것 같다….

호들갑스럽다고 느낄지도 모르지만, 절대 이길 수 없는 게임이다.

그런 게임을 하겠냐고! 규칙을 고쳐 주겠어!

"축하해."

갑자기 학생회장이 짝짝 박수 치기 시작했다.

"나도 잘 모르겠지만, 지금 너는 뭔가 멋있어!"

"칭찬도 대충이네!"

모든 면이 헐렁헐렁하다.

"내 좌우명이 청탁병탄*이니까~ 방금 정했지만."

이런 무책임한 사람의 요청을 받아들이게 되다니 내가 생각하기에도 놀랍지만.

나는 학생회장 선거에 나가겠다!

그렇게 정한 건 좋은데, 아직 중요한 게 남아 있었다.

"출마를 철회할 마음은 없지만, 어째서 이게 에리아스를 위한 일이 되는 거죠? 취소하지 않을 테니까 더 자세히 가르쳐 주세요."

여전히 확실하게 밝히지 않았단 말이지….

"나는 네가 에리아스의 대항마가 되어 줬으면 해."

의외로 회장은 간단히 대답해 줬지만, 말이 안 되는 답이었다.

※청탁병탄(淸濁併呑) : 도량이 커서 선인, 악인을 가리지 않고 널리 포용한다는 뜻.

"아니, 그야 출마하면 자동으로 대항마가 되겠지만….."

"대항마가 뭔지 알아? 대충 달리는 말이 아니야. 호적수가 되는 말이야."

왠지 경마 이야기 같아졌다.

"그거라면 다이후쿠라는 제대로 된 대항마가 있잖아요."

이 사람, 정말로 종잡을 수 없다고 할까… 얘기하고 있으면 신기루를 쫓는 기분이 든다….

"너는 에리아스의 호적수잖아? 에리아스가 네 얘기를 자주 해서 알고 있어."

회장이 히죽 웃었다.

"그 녀석, 회장한테까지 말했던 건가요….."

확실히 그 녀석은 내 이능력을 멋대로 부러워하며 적으로 간주했었다.

에리아스가 적으로 여기는 녀석을 맞붙이는 건가.

"그리고 이건 감이지만~ 다이후쿠 군은 학생회장이 되고 싶어서 힘내고 있는 게 아닌 것 같단 말이지~"

그 표현을 듣고 내가 다이후쿠도 아닌데 흠칫했다.

어…? 혹시 회장은 다이후쿠와 시오노미야의 사정을 알고 있나?

하지만 회장의 표정만 봐서는 진의를 읽어 낼 수 없었다.

"아무리 다이후쿠 군이 진심이어도, 학생회장이 되기 위해서 필사적인 게 아니라면 그건 대항마가 아니야. 그래서 한 명 더 준비할 필요가 있었어. 여기까지는 이해했어?"

나는 기세에 눌려 고개를 끄덕였다.

회장의 이능력 탓인지 회장이 크게 느껴졌다.

"그리고~ 에리아스는 진심이란 말이지. 진심으로 학생회장이 되고자 하고, 될 수 있다고 생각하고 있어. 이대로 별일 없으면 정말 학생회장이 되겠지. 그렇기에 모성 넘치는 선배로서는 걱정이 되는 거야."

"알 것 같기도 하고, 아리송한데요….."

"좌절 없이 성장한 아이는 아주 위험해. 운이 좋았을 뿐인데 자기 실력으로 이루었다고 착각하니까."

묘조 학생회장의 말투는 아까와 조금 달랐다.

얼굴은 여전히 웃고 있지만 눈이 안 웃고 있었다.

확실히 에리아스는 금방 우쭐대고, 쉽게 폭주하는 구석이 있다. 아마 회장은 그걸 걱정하는 거겠지. 그렇게 믿고 싶다.

이 사람, 대충 사는 것 같은데 묘하게 날카롭다.

"이길 거라고 예상하고 그대로 이기는 건 좋지 않아. 그러니 너는 철저히 에리아스를 괴롭혀 줘."

회장은 테이블에서 내려와 내 어깨를 툭툭 두드렸다.

"아, 알겠습니다….."

드레인 때문에 위험하다고 말하기 전에 그렇게 대답했다.

선배의 분위기에 압도되기도 했고, 에리아스를 괴롭히기 위해 열심히 선거 활동을 하는 건 나쁘지 않다는 생각도 들었다. 바라는 바다.

얼마나 할 수 있을지 모르겠지만, 선거, 해치우기로 할까.

"정말로 에리아스를 피 말리게 하면 가슴 주무르게 해 줄게."

"풉!"

나는 허둥지둥 뒷걸음질 쳤다. 벽에 부딪칠 때까지 물러났다.

"무슨 말을 하는 건가요, 회장!"

농담으로라도 남자한테 그런 말을 하는 건 정말로 좋지 않다고 생각했지만, 냉정하게 따져 보면 이 사람은 대인 관계에서 거의 무적인 이능력을 가지고 있으니까 별문제 없을지도 모른다. 내가 회장을 인식하지 못하도록 하면 완벽하게 무해하니까….

"좋아. 그럼 의욕도 생긴 것 같으니 해치우는 거야! 소년, 약속은 지켜야 한다?"

"약속이란 건 구체적으로 뭘 말하는 거죠?"

"철저히 에리아스의 피를 말리라고."

그렇게 말하고서 회장은 문자 그대로 모습을 감췄다.

터무니없는 사람과 거래해 버린 게 아닐까….

물리적으로 고립된 나의 고교생활

3 민폐가 되지 않을까를 기준으로 삼으면 아무것도 못 하게 된단 말이지

두 번 일어난 일은 또 일어난다는 옛말이 있다.

아니, 삼세번에 득한다는 옛말도 있으니까 결국 말은 하기 나름이란 생각도 들지만, 그건 넘어가기로 하고.

나 자신이 세 번째 타자가 될 것 같다.

[잠깐 할 얘기가 있으니까 이쪽으로 와 줘.]

쉬는 시간, 나는 에리아스가 복도로 나간 타이밍에 타카와시에게 LINE을 보냈다.

문화제 때 주목받기도 해서 나랑 타카와시가 인관연이라는 정체 모를 동호회(이래 봬도 공인받았고 동아리비도 받고 있다. 불만 있냐)에 소속되어 있다는 것은 같은 반 아이들도 인지하고 있겠지만, 직접 부르러 갈 수는 없었다.

사람이 가득한 교실에서 드레인 소유자가 이동하면 위험했다. 정해진 위치에서 최대한 움직이지 않는 편이 좋았다.

[다음부터는 한 번 불러낼 때마다 730엔을 받아야겠어.]

짜증 나는 답장이 왔다.

[택시 기본요금이냐.]

부탁해야 하는 입장이긴 하지만, 태클을 억누를 수 없었다.

내가 이의를 보냈을 때, 이미 타카와시는 자리에서 일어나 있었다.

그리고 내 자리로 다가와 팔짱을 끼고 말했다.

"무슨 일인데? 날 불러낼 가치가 있는 일이야?"

시비 걸 기회가 있으면 일단 걸고 보는 스타일, 어떻게 좀 안 될까.

"네가 재미있어할지는 모르겠지만, 흥미로운 일이기는 할 거야."

"서론은 됐으니까 얼른 말해."

이 녀석, 확실하게 화를 돋운다!

최근에는 둥글어졌다고 생각했는데, 오히려 너무 둥글어진 것을 반성하고 나를 통해 조정하려는 건가? 나는 샌드백이 아니야!

나는 살짝 목소리를 낮추고 말했다.

"학생회장 선거에 입후보할 생각이야. 아니, 하기로 했어."

시선만 올려서 타카와시의 얼굴을 슬쩍 확인했지만 반응은 미미했다.

오히려 '무(無)'였다.

개그를 말했는데 안 터진 것처럼 쓰라렸다.

"추억 만들기 중에서도 혼자 완결하는 계통을 하려는 거구나."

아니꼬운 방식으로 해석하네. 역시 날 상대로 독설을 연습하는 거지…?

"학생회장한테 의뢰받았어. 자세한 건 모르겠지만, 에리아스를 위한 일이래."

추억 만들기가 목적이 아니기 때문에 이유를 이야기했다. 그리고 회장의 협력으로 이능력을 제어할 수 있을지도 모른다는 것도 전했다. 그걸 말하지 않으면 순수하게 에리아스를 위해 행동하는 것처럼 들린다. 그건 위선이다.

그랬는데도 타카와시는 별로 좋은 표정을 짓지 않았다.

다만 타카와시는 무슨 일이 있어도 '굉장하다! 잘해 봐!'라고 말하지 않고, 퉁명스러운 얼굴은 기본 전제로 깔려 있다.

요컨대 한층 더 어이없다는 표정을 짓고 있었다는 말이다.

"그거, 정말로 드리코한테 도움이 되는 거야?"

타카와시는 고개를 기울이며 그렇게 말했다.

의문문이지만, 타카와시 안에서 답은 이미 나와 있었다.

그런 거 관계없잖아, 회장이 그렇게 말하고 있을 뿐이잖아, 라는 말을 하고 싶은 거다.

핵심을 찌르는 질문을 받고 답이 궁해졌다.

나는 공부는 비교적 잘하는 편이라서 혼난 경험이나 비난받은 경험이 별로 없었다. 이런 건 불편했다.

타카와시에게 수상쩍은 것을 간파하는 후각 같은 게 있다는 것은 예전부터 알고 있었다. 일단 의심해 보는 의식이 강했다.

그런 심리는 외톨이 경험이 긴 녀석이라면 어느 정도 공감할 거다. 아무래도 시니컬해지기 쉬웠다.

"그 왜… 에리아스는 나를 라이벌시, 적대시하잖아. 적이 출마하면 그 녀석도 불타오른다는 거겠지."

"학생회장한테 의뢰받았다는 건, 학생회장이 드리코를 불타오르게 만들려 한다는 거잖아. 왜 후배를 위해 그런 짓을 하는데."

타카와시가 서 있는 위치는 변함없는데, 나는 타카와시가 바짝 다가와서 따지는 듯한 느낌을 받았다. 실제로 그러면 타카와시 쪽이 쇠약해지지만.

"후배를 걱정하는 건 평범한 일이잖아. 너라면 걱정 안 할지도 모르지만, 일반론으로서 이해는 될 거 아니야."

어째선지 내가 회장을 옹호하게 되었다.

회장에 관해 아는 게 많이 없는 만큼 내 말은 어딘가 약했다.

응, 에리아스의 피를 말리는 것이 정말로 에리아스에게 도움이 되는지, 혹은 회장이 정말 그렇게 믿고 있는지는 증명할 방법이 없다.

그걸 타카와시가 간파하고 있는 것 같아서 불안했다….

"걱정한 결과, 출력된 것이 그레 군의 출마라고? 상식적으로 생각하면 선거의 대항마를 늘렸다고 해석할 수밖에 없는데, 그게 정말로 드리코를 걱정해서 한 일이 돼? 애초에 그레 군이 대항마가 돼?"

으…. 역시 타카와시의 편차치와 통찰력은 보통이 아니다.

나는 말문이 막혔다. 면접이었다면 이 시점에 탈락 확정이다.

"드리코는 별 탈 없이 선거전을 치르고 있다고 생각하는데? 걱정할 만한 게 있나? 뭐, 나는 드리코를 모르니까 숨기고 있는 깊은 고민이 있을지도 모르지만. 숨기고 있으니까 나는 꿰뚫어 볼 수 없어."

적이지만 정말로 훌륭하다고 말하고 싶다. 적이 아니라 동맹 자니까 좀 더 훌륭한 일일 텐데 그런 생각까지는 안 들었다.

이렇게 가차 없이 지적할 줄이야….

나도 의도가 있어서 타카와시를 부른 거였지만, 말을 꺼낼 상황이 아니었다!

"어어… 힘내겠습니다…."

맞장구 이상의 의미는 전혀 없는 말로 대답할 수밖에 없었다.

"그래. 그레 군이 나가겠다면야 나가면 되지. 나랑은 아무 상관도 없는 일이야. 인터넷 뉴스의 연예 기사만큼 관심 없어."

의뢰하기 전부터 '아무 상관도 없다'라는 최악의 말을 끄집어내게 되었다.

이미 늦었지만, 완전히 실수했다.

처음부터 의뢰할 내용을 말했어야 했다! 내 교섭 스킬이 너무 낮아서 화가 난다!

"잠깐만! 실은 네가 내 응원 연설인이 되어 줬으면 해…."

응원 연설인 의뢰. 내 경험상 이게 '세 번째'였다.

이번에는 내가 의뢰하는 쪽이지만.

그랬다. 학생회장 선거에 나가려면 응원 연설인을 반드시 확보해야 했다.

혼자서 학교를 주름잡아 독재 정권을 수립하려는 녀석은 미리 차단되는 구조였다.

급료가 나오는 것도 아닌데 학생회에서 일하고 싶어 하는 녀석이 그렇게 많지도 않겠지만. 학생의 90% 이상은 그런 자주성을 안 가지고 있다.

모두를 위해 학생회에서 일할 수 있다니 꿈만 같다고 눈을 반짝이는 녀석이 있다면 진짜 무서울 거다.

근데 그런 녀석이 정말로 나타나면 그때는 어떻게 되는 거지.

의욕이 있으니 다들 응원하려나. 아니면 기분 나쁘다고 떨어뜨릴까?

사고 실험을 해 보니 상당히 어려운 문제였다.

확실히 이 제도는 없는 것보다 있는 게 낫다. 학생회에 들어가겠다고 몇십 명이나 출마를 표명해도 곤란하니까.

응원 연설인을 한 명 확보하는 게 뭐 그리 어렵냐, 무의미하다고 여기는 사람도 있겠지만, 내가 생각하는 가장 높은 허들이 바로 응원 연설인을 어떻게 하느냐라서… 아주 틀린 건 아니었다.

웬만하면 노지마 군이나 오오타한테는 부탁하고 싶지 않다. 응원 연설인은 입후보자보다 먼저 혹은 나중에 연설해야 한다. 응원 '연설'인이니까. 남들 앞에서 연설하길 좋아하는 사람이 아니라면 그건 고통이고 스트레스다.

젠장! 괴로운 제도다!

학생회에 들어가려면 최소한의 인망은 있어야 한다는 건가.

이것저것 생각한 끝에 타카와시에게 응원 연설인이 되어 달라고 의뢰할 수밖에 없었다. 결국 믿을 사람은 동맹자였다.

타카와시는 어떻게 반응할까.

부탁하면 어떻게든 될 것 같기도 했다.

기꺼이 들어주는 일은 절대 없지만, 넙죽 엎드려서 사정사정하면 마지못해 받아들이는 것이 타카와시의 캐릭터였다.

"민폐라는 건 알아. 하지만 동맹자를 돕는 셈 치고 맡아 주면 안 될까!"

나는 타카와시의 대답을 가만히 기다….

"무리야."

가만히 기다릴 것도 없이 아주 간단하게 기각당했다.

"이야~ 나도 동맹자인 그레 군을 위해 발 벗고 나서고 싶은 마음은 굴뚝같지만, 그럴 수가 없단 말이지. 아쉽다. 아아, 아쉬워라, 아쉬워라."

완전히 국어책 읽듯 말했다.

딱히 타카와시에게 서운하지는 않았다.

전면적으로 내 잘못이었다.

나 자신이 부끄러웠다.

협력해 줄 거라고 멋대로 생각하고 있었으니까.

내 안에 타카와시 신앙 같은 걸 만들어 버렸다.

애초에 타카와시가 얻을 보상이 아무것도 없다.

"알았어…. 얌전히 물러나도록 할…."

"선약이 있어. 두 사람을 응원할 수는 없잖아. 나는 플라나리아가 아니라서 분열할 수 없고, 똑같이 생긴 쌍둥이도 없고, 방법이 없어. 아아, 쌍둥이가 있더라도 내 명의로 연설을 두 번 할 수는 없으니까 똑같나."

어라?

거절당하는 건 어쩔 수 없더라도 그 이유가 묘했다.

"타카와시, 혹시 이미 다른 사람한테 응원 연설인이 되어 달라는 부탁을 받은 거야?"

타카와시의 손가락이 내 옆자리를 가리켰다.

에리아스의 자리였다.

"나, 드리코의 응원 연설인이야. 아주 간곡히 부탁하더라고. 그때의 드리코한테 신발을 핥으라고 했다면 진짜 핥지 않았을까? 진짜 핥아도 나한테 트라우마가 될 것 같아서 요구하진 않았지만."

타카와시에게 인간다운 마음이 남아 있어서 다행이다.

초등학생 때부터 알고 지낸 녀석이 누군가의 신발을 핥는 모습은 상상하고 싶지 않다.

"드리코가 그레 군을 엄청나게 욕했어. 무슨 일 있었던 거지?"

"그렇게 다른 사람이 욕했다고 알려 주는 거, 가장 하면 안 되는 일이야…."

고자질하는 녀석이 가장 미움받는 법이다. 상대를 불쾌하게 만들 뿐이니까…. 하지만 이 녀석은 불쾌하게 만드는 게 목적일 테니까 딱히 상관없으려나.

그나저나 그랬구나…. 에리아스, 엄청나게 화난 건가…. 확실히 그때 이후로 한 번도 대화한 적이 없다….

"너도 내가 에리아스의 부탁을 거절했다는 건 들었지? 뭐, 나는 나대로 에리아스를 응원할 수 없는 이유가 있었어. 헤아려 줘…."

다이후쿠 얘기를 타카와시에게 하기는 어려웠다. 조만간 입후보 신청이 끝나고 이름이 발표되겠지만, 그때까지는 일단 입다물고 있자.

뭐, 내가 출마한다고 말했으니 타카와시도 내가 에리아스를 응원하는 건 불가능하다고 생각할 거다.

"헤아릴 정도로 관심도 없으니까 괜찮아."

짜증 나긴 하지만, 알아내려 드는 것보다는 낫다고 생각하자. 인생은 긍정적으로 생각하는 게 낫다.

"그런데… 설마 네가 응원 연설인이라는 귀찮기 그지없는 일을 맡을 줄이야…. 아니, 나도 부탁하긴 했지만…."

에리아스에게 부탁받은 직후에 가소롭다고 말할 것 같은데.

"그래서 말했잖아. 신발을 핥으라고 명령하면 핥을 기세였다니까."

"그 비유, 알 것 같으면서도 모르겠어."

남에게 내 신발을 핥게 하는 국면은 살면서 흔치 않잖아. 이로써 다섯 번째라고 하는 인생도 싫지만.

"나라고 이런 귀찮기 그지없는 일을 맡고 싶었겠어? 드리코도 처음에는 그레 군한테 부탁하고 싶었을 테고. 불행의 편지가 나한테까지 온 거야. 하아… 나는 할 때는 하지만, 안 할 때는 아무것도 안 하는 여자였는데."

타카와시는 너무 싫다는 것처럼 한숨을 쉬었다. 안 할 때는 안 한다니, 그거 평범한 인간이잖아.

이렇게나 본의 아니게 받아들였다는 태도를 보일 수 있는 것도 대단하다.

하지만 타카와시가 나를 대하는 게 아무래도 평소보다 더 뾰족하게 느껴졌다.

"그레 군의 사정은 알겠지만, 드리코 입장에서는 배신당한 기분이지 않았을까?"

소형 동물 정도는 죽일 수 있을 듯한 시선으로 나를 힐끔 보았다.

이건 내가 의리 없었다고 책망하고 있는 거군.

아니, 어쩔 수 없었다니까…. 나도 진짜 이러지도 저러지도 못하는 상황이었어….

"그런고로 다른 사람한테 부탁해. 열심히 굽실대면 한 명 정도는 그 꼬락서니를 보고 맡아 줄지도 몰라. 그것도 포함해서 그레 군의 싸움인 거잖아."

타카와시에게 익숙하지 않은 녀석은 모르겠지만… 이 말도 충분히 성원 축에 들었다.

하기로 했으면 온 힘을 다하라고 마지막에 격려해 줬다. 아들이 음악으로 먹고살겠다고 했을 때 완고한 아버지가 취하는 태도에 가까웠다.

응, 거절당했으니 더 할 얘기는 없다.

타카와시는 냉큼 자기 자리로 돌아갔다.

시선이 느껴져서 그쪽을 보니 교실 입구에서 에리아스가 나를 보며 "이익~!" 하고 말하고 있었다.

선거전이라기보다는 그냥 나랑 싸우고 있는 게 아닐까….

그걸로 끝난 줄 알았는데 에리아스는 자기 자리로 돌아왔다. 즉, 내 옆자리로.

"나리히라 따위보다 학년 수석인 타카와시가 응원해 주는 게 더 효과적이니까."

이 녀석, 우리 얘기 들었구나. 에리아스가 없을 때 얘기를 시작했는데, 이야기 자체가 길어졌다.

"응, 거기에 이견은 없어. 객관적 사실이야."

"이야~ 나리히라가 거절해 줘서 다행이야. 거절해 줘서 고마울 지경이야."

오늘은 여자한테 비아냥을 듣는 날인가?

이 반에서 나한테 비아냥거릴 사람은 타카와시와 에리아스뿐이지만.

뭐, 타카와시의 지명도 자체는 높고, 아무와도 시선이 마주치지 않는다면 딱히 제약도 없다. 연설문을 보거나 관중을 보는 척하면 연단에 올라도 위화감은 안 들 것이다. 자기 입으로도 말했지만, 할 때는 하는 여자다.

의외로 적임자란 말이지, 타카와시.

타카와시가 에리아스를 위해 움직일 줄은 몰랐지만, 마음이 동하는 부분도 있었을 것이다.

그나저나 에리아스한테는 학생회장을 목표로 출마할 거라고 말하는 편이 좋을까?

꼭 말해 줘야 할 의무는 없다. 하지만 역시 말하는 게 후련하려나…. 나는 에리아스를 독려하기 위해 출마하는 거고.

"설마 나리히라가 대전 상대로 맞설 줄은 몰랐어."

그 말을 듣고 퍼뜩 정신이 들었다.

"너, 알고 있었어?"

아직 정식으로 고지하지 않았을 텐데. 애초에 응원 연설인란에 이름을 넣어야 해서 미정인 채로는 출마를 신청할 수 없다.

그렇다는 건… 내가 타카와시랑 했던 얘기를 들었나.

"아까 묘조 회장한테서 전화가 왔어. 아주 즐거운 기색이었어."

"루트는 그쪽인가…."

에리아스가 나를 노려보았다.

하지만 그 표정은 곧장 대담한 웃음으로 바뀌었다.

"덤빌 테면 덤벼. 평생 다시 일어날 수 없도록 밟아 줄 테니까."

노려보는 것보다는 낫지만, 그렇게 철저히 밟겠다고 하는 건 이상하잖아.

"나리히라, 누가 더 학생회장에 어울리는지 똑똑히 보여 줄게."

"아, 나는 딱히 학생회장이 될 수 있을 거라고 생각하지는… 뭐, 좋아, 선처할게."

회장이 이능력 제어법을 가르쳐 준다고 해서 출마했다는 건 변명밖에 안 되겠지. 굳이 알려 줄 일은 아니다. 에리아스와는 아무 상관도 없다.

그리고 에리아스의 대항마가 되는 것이 내 역할이니까, 에리아스가 나를 밟으려고 하는 것은 회장의 생각대로 되고 있다고 할 수 있다.

"나리히라는 응원 연설인을 못 찾아서 입후보조차 못 할지도 모르지만 말이야."

"실제로 그럴 가능성이 있단 말이지…."

내 얼굴은 어두워졌다(거울은 없지만 아마 그럴 거다).

참가 이전의 허들을 어떻게 넘을지 진지하게 생각해야 했다.

하지만 애초에 나에게 주어진 선택지가 많지도 않았다.

노지마 군과 오오타를 제외하면 남은 건….

다시 생각할 것도 없이 선택지는 거의 없었다.

★

106

세 번 일어난 일은 또 일어난다.

　나는 점심시간 끝나기 10분 전에 와 달라고 LINE을 보내서 5층에 있는 인관연의 동아리방(통칭 시뮬레이션실)으로 어떤 인물을 불러냈다.

　아이카였다.

　참고로 5층 복도가 아니라 인관연의 동아리방을 지정한 것은 내가 에리아스를 거절한 곳에서 부탁하는 건 재수가 없기 때문이었다. 마음이 불편하기도 했고.

　아이카와 만나는 건 솔직히 묘하게 긴장됐다. 뭔가 오해하게 하진 않았을까 불안해졌다.

　하지만 자의식에 저항하지 않으면 아무것도 시작되지 않는다. 이 정도는 아무렇지도 않게 해내겠다.

　나는 동아리방에서 아이카가 오기를 가만히 기다렸다.

　시간을 지정했으면서 점심시간이 시작되자마자 대기하고 있는 것은 마음의 준비를 단단히 해 두기 위해서였다.

　또한 점심 도시락은 먹는 중에 들어오면 가장 허둥거리게 되므로 쉬는 시간에 다 먹어 치웠다. 할 수 있는 일은 전부 했다.

　하지만 역시 점심시간 초장부터 대기하는 건 너무 과했나. 오히려 안절부절못하게 되나….

　응….

　꽤, 심심하다…. 그저 우두커니 동아리방에 서 있으니 요괴 같은 느낌조차 들었다.

이럴 줄 알았으면 참고서라도 가져올 걸 그랬다. 지금이라도 가지러 갈까. 하지만 이런 건 보통 가지러 갔을 때 상대가 온단 말이지…. 불러내 놓고서 아이카가 먼저 와 있는 형태가 되는 건 피하고 싶다.

그리고 점심시간 끝나기 10분 전이라고 했으니, 5분 전에 행동한다면 15분 전에는 올 것이다.

응, 그 정도면 못 기다릴 시간은 아니다. 지금은 머릿속으로 시뮬레이션이라도 돌리자. 금방 약속 시간이 될 거다.

점심시간 끝나기 10분 전이 되어도 기다리는 사람은 오지 않았다.

어? 아이카한테 바람맞은 거야? 그건 평범하게 충격인데….

LINE에 특별히 메시지도 와 있지 않았다. 지금 어디냐고 보내 볼까. 아니, 재촉하는 인상을 주는 것도 좋지 않으려나….

스마트폰을 들고서 그저 화면만 보았다.

내가 생각하기에도 얼간이 같다. 스마트폰을 보고 있다고 아이카가 올 확률이 올라가는 것도 아닌데. 말을 걸어 보든 느긋하게 기다리든 하면 될 텐데.

하지만 무엇보다 슬픈 것은 이럴 때 어떻게 하면 좋을지 전혀 모르겠다는 점이다. 지금껏 살면서 다른 사람을 불러낸 일이 너무 없었다. 평범한 고등학생이 되는 건 정말로 어렵다.

그리고 이제 남은 점심시간은 5분.

곧 5교시가 시작된다는 예비종이 울렸다.

"늦어서, 죄송해요!"

느낌표가 잔뜩 붙었을 것 같은 인사와 함께 아이카가 왔다.

"다행이다…. 안 오는 줄 알았어…."

"죄송해요. 친구랑 느긋하게 밥 먹느라 시간을 잡아먹었어요. 밥과 함께 시간까지! 아, 방금 그거 괜찮았나요? 밥과 함께 시간까지!"

아이카는 쓴웃음을 지으며 나를 향해 합장하듯 양손을 맞댔다.

적어도 심각한 사정이 있던 게 아니라는 것만큼은 알 수 있었다.

하지만 느긋하게 얘기할 시간은 없었다.

목적을 전하지 못하고 이 시간이 끝나면 아이카의 마음에 괜히 더 부담을 주게 된다.

따, 딱히 이상한 의미는 아니다. 일반적으로 그렇다는 거지.

"저기, 아이카, 느닷없이 이런 말 해서 미안한데… 나 학생회장 선거에 입후보하기로 했어."

"와~! 굉장해요! 박수 칠 수밖에 없는 일이네요!"

아이카는 정말로 내게 박수를 보냈다.

이렇게 기뻐하고 끝낼 수 있다면 좋겠지만, 물론 그럴 수는 없었다.

"그래서… 아이카가 응원 연설인이 되어 줬으면 하는데….”

말했다. 최소한의 목적은 일단 달성했다.

이제 대답을 듣기만 하면 되지만….

"죄송해요!"

또 양손을 맞대고 합장하듯 거절했다.

"어라… 안 되는 건가…. 그렇구나, 하하하….”

이상하네…. 아이카라면 맡아 줄지도 모른다고 생각했는데….

혹시 내가 너무 친한 척했나? 아니, 아무리 정신없었어도 나는 그 순간에 거리감을 잘못 잴 만큼 멍청하진 않다. 아이카와의 관계는 양호했을 터다. 날 피해 다니지도 않았을 거고….

"그 왜, 에링도 응원 연설인이 됐잖아요."

아이카는 쓴웃음을 짓고서 그렇게 말했다.

"응, 그렇지….”

나와 함께 타카와시를 공격하는 것 같은 구도가 되고 싶진 않은 건가. 직접 공격하는 건 아니지만, 성격 나쁜 타카와시는 굳이 그렇게 삐뚤게 볼 것 같기도 하다.

"아이카는 양쪽 모두 응원하고 싶어요. 둘 다 아이카의 소중한 친구고 은인이기도 하니까요! 힘내라! 힘내라!"

아이카는 오른손을 꼭 쥐고서 앞으로 쭉쭉 내밀었다. 이 성원을 듣기 위해 아이카를 부른 거나 마찬가지였다. 은인이라고 하는 건 역시 좀 과한 것 같지만.

"그리고 드리드리도 응원해 주고 싶고요!"

"드리드리는 뭐야…. 아아, 에리아스를 말하는 건가…."

드리코가 한층 더 알 수 없는 진화를 했네…. 확실하게 본인에게 허가받지 않은 작명이다….

"다음은 회장 자리를 노려야 하는 거잖아요! 수학여행 때도 선거 얘기를 했었고."

에리아스 얘기를 들으니 내 마음이 아프다….

"응원 연설인이 되어 달라는 얘기를 하려고 부른 거니까 이만 돌아갈까. 수업종이 울린 다음에 이동하면 빠듯하고."

이 인관연 동아리방의 문제점은 여유롭게 행동하기 어렵다는 것이다. 교실에서 너무 멀었다. 그만큼 조용해서 좋기도 하지만.

예비종이 쳤을 때부터 수업에 대비해 둬야 한다는 의견은 안 받겠다. 세상의 고등학생은 그렇게 모범적으로 살지 않는다.

"그렇죠. 수업에 늦을 거예요!"

아이카는 문 쪽에서 나를 기다려 줬다. 나도 황급히 동아리방을 나갔다.

"저기, 응원 연설인이 될 수 없는 이유가 하나 더 있어요."

복도로 나가자 아이카가 나직이 중얼거렸다. 아이카는 드레인이 있어도 괜찮을 만한 거리까지 다가왔다.

그 옆얼굴은 유난히 어른스러워 보였다.

"그 왜, 아이카, 1학기 때 모두에게 폐를 끼쳤으니까요."

그 말을 듣고 아차 싶었다.

왜 그걸 고려하지 못했지.

"미안! 내가 너무 무신경했어…."

나는 즉각 머리를 숙였다.

표창 집회 때, 아이카는 매혹화 이능력으로 학교 전체를 혼란에 빠뜨렸다.

그 일에 악의가 전혀 없었어도 본인에게는 잊지 못할 일일 것이다.

그랬는데 나는 또 전교생의 주목이 모이는 일을 해 달라고 한 것이다. 그런 일은 당연히 피하고 싶을 거다.

"아! 나리히라 군이 사과할 일은 아니에요! 아이카도 좀 더 마음 편히 참가할 수 있는 일이었다면 참가했을 거예요! 하지만… 학생회 선거는 아주 중요한 이벤트잖아요. 2학년은 이번이 마지막 기회고. 그걸 아이카가 망치면 어쩌나 싶어서…."

아이카의 시선이 바닥으로 향했다.

타카와시와 달리 아이카가 이렇게 아래를 보는 일은 거의 없었다.

"진짜 미안…. 아이카를 생각해서 행동하지 못했어. 경솔했어…."

세 번 정도 바닥에 머리를 박고 싶은 기분이다. 그러면 아이카가 더 곤란해할 테니까 대신 머리를 숙였다.

"나리히라 군, 그렇게 사과하지 않아도 된다니까요! 에링이 드리드리의 응원 연설인이라는 게 가장 큰 이유고요!"

드리드리란 표현, 아직 낯설다….

아이카가 용서해 줬다는 건 알지만, 좀 더 상대의 마음을 생각하자. 남에게 상처를 준다면 자신도 성장할 수 없다.

여하튼.

"역시 그때 일을 아직 신경 쓰고 있구나."

아이카는 이제 어두운 얼굴을 보이는 일도 없었는데.

과거의 작은 실패담으로 정리한 줄 알았는데.

"으음~ 나리히라 군이 그렇게까지 무겁게 받아들일 필요는 없는데…. 실수했네요. 이런 이유는 덧붙이지 않는 편이 좋았겠어요. 에헤헤."

"정말로 '에헤헤'라고 말하는 걸 듣다니, 상당히 레어한 일이야."

아이카는 작위적으로 머리에 손을 올렸다. 반성하는 원숭이 같았다.

아이카가 나와 타카와시를 은인이라고 표현한 것은 어쩌면 과장이 아니라 진심에서 우러나온 말이었을지도 모른다.

그때, 수업종이 울렸다.

너무 뭉그적거렸다.

"어이쿠! 큰일이네요! 서두르죠!"

"그래!"

나는 계단을 두 칸씩 내려가 층계참에서 아이카를 잠깐 기다리고 다시 내려갔다. 같이 계단을 뛰면 위험하니까.

아이카가 교실에 들어가는 걸 확인하고 우리 반으로 달렸다. 선생님한테 혼나지는 않았지만 내 자리에서 혼자 반성했다.

물론 아이카 관련으로.

나는 내 흑역사가 너무 많아서 그 반동으로 다른 사람의 고통이나 트라우마에 둔감해진 게 아닐까…. 외톨이 기간이 몇 년이나 계속되는 건 아주 장기간에 걸친 고통인지라 일반적인 고통을 이해하지 못하는 구석이 있다.

그렇다고 내가 조심하고 신경 쓴다는 걸 아이카가 알아채면 그건 그것대로 민폐고…. 자연스럽~게 배려할 수밖에 없다. 으음, 귀찮아….

어렵긴 하지만, 인간이라면 다들 그 정도는 하고 있을 터. 나도 인간이니까 할 수 있겠지. 못 한다면 될 때까지 노력하자.

될 때까지 노력한다고 하니까 생각났는데, 서둘러서 처리해야 할 문제가 하나 더 있었다.

여전히 응원 연설인을 확보하지 못했다.

다음은 누구한테 부탁하지…?

오후 수업의 전반은 아이카를, 후반은 응원 연설인 문제만을 생각하며 보냈다.

응원 연설인을 확보하지 못하면 선거에 나갈 수조차 없다. 선거에 나가겠다고 선언했으면서 사람 한 명 포섭하지 못해 좌초되는 건 너무 꼴사납다.

만약 응원 연설인을 확보하는 데 실패하여 출마하지 못한다면 회장한테 이능력 제어법도 못 배우게 되는 걸까. 최악의 사태다….

정위치인 내 자리에서 교실을 둘러보았다.

정면에는 이신덴의 머리가 있었다. 지금이라면 말 정도는 걸수 있지만, 이신덴은 아니지…. 착한 이신덴은 왜 자기한테 부탁하냐고 말은 안 하겠지만 속으로는 분명 생각할 거다.

이어서 시선은 시오노미야에게 향했다.

시오노미야와 메이드장의 등이 보였다. 메이드장도 수업을 받는 건가. 분명히 수업료를 안 냈을 테니까 뭔가 약았다는 생각이 든다.

차라리 시오노미야한테 부탁할까?

자기한테 맡겨 달라며 흔쾌히 허락해 줄지도 모른다. 게다가 미스 세이고라는 지위도 있고, 도움을 받을 수 있다면 이렇게

든든한 존재는 없다.

하지만 윤리적으로 시오노미야는 절대 안 된다.

학생회장 선거에 입후보하는 이상, 나는 형식상 다이후쿠와도 싸우게 된다.

응원 연설인을 시오노미야로 하는 게 다이후쿠에 대한 배신 행위인 것은 명백하다.

선거에 출마한 것은 회장에게 의뢰받았다고 그나마 변명할 수 있다.

하지만 시오노미야가 내 진영이 되면 우정에 금이 가는 수준을 넘어서는 거다. 친구 관계가 즉시 소멸하더라도 불평할 수 없다…. 시오노미야가 나를 열심히 응원할수록 다이후쿠와 싸우겠다는 모양새가 되니까….

젠장! 인간관계가 까다롭다!

친구가 늘었다고 생각했더니 이런 굴레가 기다리고 있을 줄이야….

외톨이였을 때는 이런 고민에 1초도 시간을 쓰지 않았는데.

나의 극미한 인간관계로도 이 정도면, 아이카는 얼마나 큰일인 거지.

그 외에 부탁할 수 있는 사람이라면 역시 노지마 군일까.

나는 망설인 끝에 노지마 군의 자리를 보았다.

폐를 끼치게 되는 것은 계속 머리를 숙이는 것으로 대응하

자. 다른 수단이 없다.

누구한테 말해도 민폐가 될 뿐이다. 이게 진짜 정치 세계였다면 의뢰받는 쪽도 같은 정당이니 당연하다고 납득할 이유가 있겠지만, 고등학생은 그런 것도 없다.

이거, 생각할수록 제도에 결함이 있는 것 같다.

응원 연설인에 대한 보수로 1만 엔까지 줘도 된다든가, 그런 교칙을 추가해 줬으면 좋겠다. 아니, 금전을 발생시키는 건 역시 안 되겠지….

그런 생각을 하고 있는데 누군가가 날 보고 있는 것 같았다.

설마 회장인가?

회장의 이능력이라면 수업 중에 빠져나오는 것 정도는 간단할 것이다. 추천으로 대학 입학도 확정되었으니 어떤 의미에서 가장 한가한 기간일지도 모른다.

하지만 복도 쪽을 봐도 학생회장은 없었다.

바로 옆도 봤지만, 수업이 아닌 다른 무언가에 진지하게 힘을 쏟고 있는 에리아스만 있었다. 뭘 쓰고 있는지는 불명이나 아마 학생회 선거 관련이겠지.

내 시선을 알아차렸는지 에리아스가 내 쪽을 휙 보았다.

"뭘 봐? 바보야."

작은 목소리로 확실하게 불평했다.

대립 후보에게 폭언을 뱉지 말아 줬으면 싶지만, 응원 연설인란이 비어 있으니 나는 아직 대립 후보조차 아닌가.

"목적은 널 보는 게 아니니까 걱정하지 마."

나도 작은 목소리로 대꾸했다. 자리가 가장 뒷줄인 것은 이럴 때 편리하다.

"아, 그래?"

에리아스는 책상에 팔꿈치를 올리고서 칠판 쪽으로 고개를 돌렸다.

부루퉁한 얼굴이지만, 이 녀석은 내게 적의를 보일 때가 많으니까 통상 상태라고도 할 수 있었다.

그나저나 회장이 안 보인다. 그럼 이 시선은 어디에서 오는 걸까. 단순한 착각일까?

메이드장이 이쪽을 빤히 보고 있었다.

너였냐!

소리칠 뻔했지만 참았다. 아까 내가 시오노미야를 보기도 했으니까, 그래서 반응한 건가.

메이드장, 시오노미야한테 아무 짓도 안 할 테니까 안심해, 라고 속으로 생각했지만 과연 통할까? 마음의 소리를 듣는 힘은 없으려나.

메이드장은 매우 낮게 저공비행(?)을 해서 책상 사이를 지나 내 바로 옆으로 왔다.

왜, 온 거야…?

메이드장이 보이는 다른 애들도 슬쩍 시선을 줬다가 다시 앞을 보았다. 어떤 의미에서 수업 중이라 다행이었다.

그냥 무시하자. 노지마 군에게 응원 연설을 부탁하는 시뮬레이션이라도 돌리며 메이드장한테 신경이 가지 않도록 하자.

노지마 군이어야만 하는 이유를 대는 거다. 다른 친구가 없다는 분위기는 풍기지 않는 게 낫다. '과자를 만드는 노지마 군의 이능력이라면 사람들의 눈길을 끌 수 있을 거야!' 응, 이걸로 가자. 직구를 던지는 게 가장 좋다.

메이드장이 가까이 있어서 역시 집중이 안 돼!

최소한 의도를 가르쳐 줘. 옆에 오면 너무 신경 쓰인다고. 메이드장의 키가 그렇게 크지 않아서 그나마 다행이지만. 만약 키가 2m였다면 엄청난 압박감이 들었을 거다.

메이드장을 회수해 달라고 시오노미야에게 LINE을 보낼까. 아니지, 성실한 시오노미야에게 수업 중에 연락하는 것도 안 좋을 것 같다. 애초에 스마트폰을 가방에 넣지 않았을까?

몇 분 후, 메이드장은 돌아갔다.

결국 뭐였던 걸까. 메이드장의 말은 시오노미야만 알아들을 수 있단 말이지. 내가 알아듣는다고 해서 뭐가 어떻게 되는 건 아니고, 모르는 채로 있는 게 편하려나.

하지만 마음이 차분해질 틈은 거의 없었다.

문득 **예감**이 들었다.

직후 스마트폰으로 LINE 알림이 왔다.

어째선지 그 알림이 오기 전부터 LINE 메시지가 올 것을 알고 있었던 것 같은 기분이었다. 비합리적이라고 하면 더 할 말이 없다. 나도 우연이라든가 착각일 가능성을 완전히 배제할 수 없었다.

그래도 이때 나는 LINE 메시지가 올 것을 알고 있었다는 느낌을 받았다. 이 느낌은 거짓이 아니었다. 완전히 사실이다. 그리고 예감이란 말이 있다는 건 비교적 흔한 감각이란 뜻이지 않을까.

그렇다고 해도 안심할 수는 없었다. 꺼림칙했다. 예감도 그냥 예감이 아니라 불길한 예감이었고. 누가 죽었다든가, 그런 내용은 아니겠지…?

아니, 냉정해지자.

메이드장이 막 돌아간 참이잖아.

그렇다면 시오노미야가 보낸 LINE이지 않을까? 메이드장이 시오노미야에게 뭔가를 전했고. 그 결과, 시오노미야가 내게 연락한 거다.

뭐, 좋아…. 불길한 연락이 아니라면 뭐든 좋다.

LINE을 확인했다.

[선거에 입후보하지 못하면 이능력 제어법도 안 가르쳐 줄거야~ 기브&테이크니까 힘내~]

묘조 학생회장이 보낸 거였냐!

[좀 더 찬찬히 관찰하려고 했는데 이상한 생물이 다가와서 도망쳐 버렸어~ 두고 보자!]

[그거, 악역이 도망칠 때 하는 대사예요.]라고 일단 메시지를 보냈다.

그리고 예감을 느낀 원인도, 시선이 느껴졌던 원인도 함께 판명되었다.

이 사람 역시 왔었구나. 그걸 메이드장만큼은 알아차린 거다.

하지만 그렇다면 회장의 이능력이 메이드장에게는 효과가 없다는 건가…. 내 드레인도 안 듣는 것 같고, 메이드장, 실은 엄청난 존재인 거 아니야…?

내가 메시지를 보낸 탓일지도 모르지만, 다시 바로 답장이 왔다. 수업 중이라는 감각조차 없는 모양이다.

[눈에 보이진 않는데 누군가가 지켜보고 있는 듯한 느낌은 어땠어? 나는 이런 것도 가능해.]

이 협력자, 나를 너무 가지고 놀잖아. 타카와시도 그렇고, 왜 나를 도와주는 녀석은 악의를 가지고서 대하는 경우가 많은 거지…?

[완전히 악역이 쓸 법한 이능력이네요.] 하고 답장을 보냈다.

[그리고 LINE 메시지가 오기 직전에 뭔가 올 거라는 느낌이 들지 않았어? 그것도 이능력을 응용한 거야. 고도의 기술이라

서 습득하기 힘들었지만.]

"진짜냐."

무심코 작게 말했다.

쉽사리 믿기 어렵지만, 내 마음을 읽을 수 있는 게 아니라면 내가 예감을 느꼈다는 것까지는 알 수 없다.

회장은 자신의 이능력을 완벽하게 구사하고 있었다.

이 정도면 별개의 이능력이지 않을까 싶을 만큼 효과와 범위를 넓혔다.

역시 회장에게 이능력 제어법을 배워야 한다.

드레인을 더 확실히 관리할 수 있다면 내 인생은 단숨에 핀다.

지금껏 포기했던 많은 일이 고민거리도 아니게 된다.

남에게 폐를 끼치지 않는 사람이 된다면 나도 당당히 마을을 걷게 될 거다.

그런 생각을 하고 있으니 종이 울렸다.

좋았어, 노지마 군에게 응원 연설인이 되어 달라고 하자! 거절당하면 그때 일은 그때 가서 생각하는 거다.

근데 그렇게 되면 진짜 어쩌지…. 명의만 빌리고, 감기 걸려서 못 나왔다고 할까…? 하지만 당일에 대리로 연설할 사람은 필요할 테지….

그러나 내가 자리에서 일어나기 전에….

시오노미야가 내 앞에 와 있었다.

메이드장이 시오노미야에게 뭔가 전한 걸까. 회장이 있었다면 그걸 얘기했을 가능성은 있다. 다만 현시점에는 아무런 말도 할 수 없었다.

나는 곤혹을 숨기지 못한 채 시오노미야를 올려다보았다.

"잠깐 질문드리고 싶은 게 있는데 괜찮을까요?"

시오노미야는 가슴에 손을 얹고서 내게 허락을 구했다.

"물론이지. 대체 무슨 일이야…?"

말은 이렇게 했지만, 십중팔구 메이드장이 봤을 회장에 관한 질문이리라.

시오노미야는 회장 같은 성격을 싫어할 것 같다…. 그런 사람의 말을 믿고 출마하지 않는 게 좋다고 하면 어쩌지….

잠깐, 잠깐. 일단 얘기부터 듣고 고민하자.

"아사쿠마 양에게 주려고 산 수학여행 선물, 아직도 안 주신 것 같은데 지금 어떤 상황인 건가요?"

전혀 다른 내용이었다!

회장에 관한 질문이 아니라서 다행이란 생각은 들지만, 전혀 안도할 수 없었다.

"선물, 내 방에 있어…."

아사쿠마에게 주려고 산 초콜릿은 내가 가지고 돌아갔었다. 타카와시가 내게 떠넘겼다는 게 진상에 가까웠다. '후배에게

124

선물을 주는 영광스러운 일을 맡길게.'라고 했었다.

다른 사람에게 맡길 수도 있었지만, 여자한테 무거운 짐을 떠넘기지 말라며 이럴 때만 여자 어필을 해서 시오노미야에게 맡길 수도 없게 되었다.

초콜릿은 그렇게 무겁지 않다고 말하고 싶었지만, 투덜거려서 분위기를 망치고 싶지도 않았기에 내가 들고 갔다.

그리고 도쿄로 돌아온 뒤 이것저것 생각할 게 많아서 선물을 줘야 한다는 걸 까맣게 잊어버렸다….

혹시 메이드장은 회장이 아니라 내가 선물을 가져왔는지를 보러 왔던 걸까. 메이드장이 회장을 눈치챘다는 증거는 확실히 없다.

어느새 타카와시까지 내 자리에 와 있었다.

"선물 관리도 제대로 못 하다니, 이능력자가 아니라 **무능력**자네."

약해진 소형 동물을 발견하면 즉시 다가오는 하이에나냐.

하지만 내가 깜빡했다는 사실은 굳건하기에 반론하기도 어려웠다. 한 방 먹이자고 무의미한 반론을 해도 결국 그 한 방이 열 방 정도가 되어 돌아올 것이 훤히 보였다.

이럴 때는 성심성의껏 사죄하는 것만이 답이다. 그게 가장 신용을 잃지 않는 방법이다.

"전부 내 잘못이야…. 미안."

"당연하지. 그레 군이 잊어버렸을 뿐이니까."

성심성의껏 사죄했는데도 철두철미하게 추격타가 날아왔다!

하긴, 소형 동물이 하이에나한테 목숨을 구걸해 봤자 무시당하겠지! 세상은 약육강식이다!

"학교 끝나고 바로 집에 가서 가져올게. 그러니까 아사쿠마를 시뮬레이션실로 부르는 건 잘 부탁해."

집이 그렇게 멀지 않아서 다행이다. 한 번 더 왕복하는 것 정도는 별것 아니다.

"잘 부탁한다니, 해 주겠다는 말은 아직 안 했는데? 멋대로 정하지 마."

장래 타카와시와 결혼하는 녀석은 스트레스로 일찍 죽을 거다.

"네! 이래 봬도 스승이니까요. 그런 일은 제가 해 둘게요. 아사쿠마 양은 맡겨 주세요."

시오노미야는 살짝 자랑스러운 듯 미소 지었다.

다행이다. 세상에 타카와시 같은 녀석만 있는 게 아니라서 다행이다.

시오노미야는 아사쿠마를 위해 줄곧 노력했다. 그 덕분에 남자가 있으면 긴장해서 모습이 투명해져 버리는 아사쿠마의 이 능력도 많이 개선되었다.

"그러네, 그레 군의 뒤치다꺼리는 시오노미야가 하라고 할

게."

이 하이에나에게 천벌이 내렸으면 좋겠다….

★

수업이 끝나고 나는 자전거에 올라타 평소보다 힘차게 페달을 밟았다.

집에 도착하여 초콜릿과 봉투를 가방에 넣었다. 상자가 찌그러지지 않도록 집에 있던 포장용 뽁뽁이로 감아 뒀다.

자전거 바구니에 짐을 넣으면 모르는 사이에 압박되거나 충격을 받기도 한다. 가방에 넣었다고 해서 안심해선 안 된다.

그리고 30분쯤 걸려서 5층에 있는 인관연의 활동 장소로 돌아갔다. 계단도 뛰어 올라갔다.

시뮬레이션실에는 인관연 멤버인 여자 세 명에 더해 아사쿠마까지 제대로 있었다.

"하아, 하아… 선물, 가져왔어…."

"느려, 그레 군."

오늘 타카와시는 나를 철저히 공격할 작정인 것 같다.

"꽤 전력으로 뛰었어…. 전체의 5%라도 좋으니까 위로하는 마음을 가져 줘…."

"아니, 그 노력이 필요해진 건 선물 가져오는 걸 잊어버린 탓이잖아. 자업자득이잖아."

짜증 나지만, 타카와시와 말로 싸우는 건 불리하다. 그만두자….

아사쿠마도 나와 타카와시가 선물 때문에 싸우면 곤혹스러울 테고.

나는 가방에서 조심스레 초콜릿 상자를 꺼냈다.

포장용 뽁뽁이 덕분에 상자는 멀쩡했다.

표창장을 건네는 교장 같은 자세로 아사쿠마에게 상자를 내밀었다.

드레인이 있긴 하지만, 선물을 건네는 짧은 시간 정도면 역시 괜찮을 거다.

"아사쿠마, 수학여행 선물이야. 야츠하시는 너무 전형적인 것 같아서 초콜릿으로 했어."

"우와…! 받아도 되나요? 하구레 선배."

신중히 확인하듯 아사쿠마가 말했다.

왠지 나와의 사이에 아직 벽이 있는 것 같았다. 남자를 어려워하는 걸 완벽하게 극복하지는 못했을 것이다. 이런 건 어느날 갑자기 해결되는 게 아니니까.

그냥 모든 남자가 어려운 거였으면 좋겠다. 콕 집어서 나만 불편한 거면 상처다.

"여기까지 선물을 가져와서 역시 안 준다니, 그런 너무한 짓은 타카와시도 안 할 거야."

싸우지 말자고 생각했지만, 타카와시의 독설을 잔뜩 들은지라 무심코 그 분노가 말로 표현되었다.

"그레 군, 내일 과자 줄 테니까 밤 아홉 시에 여기로 와 줘."

"그거, 너는 학교에 오지도 않을 거잖아."

방금 그건 내 쪽에서 싸움을 걸었으니까 이 정도는 참겠지만.

"받아 줘. 안 그러면 내 고생도 헛고생이 되니까. 그리고 우리가 다 같이 주는 선물이야."

"아, 알겠어요. 그럼 잘 받겠습니다!"

아사쿠마는 확실하게 양손으로 초콜릿 상자를 받았다.

고작 여행 선물 가지고 호들갑이란 생각도 들지만, 그만큼 기쁘게 느낀다면 주는 보람도 있었다. 내 실수로 일을 늘린 거긴 해도, 일을 하나 끝냈다는 성취감도 있었다.

"아, 말차맛과 호지차맛도 있네요. 교토다워요."

아사쿠마는 상자를 흥미롭게 바라보았다. 그 모습은 별로 아서왕 같지 않았다.

"그 초콜릿은 에링이 고른 거예요! 아이카도 가장 추천하는 선물이에요!"

"아야메이케, 우리는 선물을 몇 시간이나 음미하지 않았으니까 사실을 날조하면 안 되지. 다른 선물 후보도 많이 있었잖아."

타카와시의 지적은 옳지만, 지금 선물의 가치를 낮추는 것도 이상하잖아.

　"네~? 특별해요. 왜냐하면 그 초콜릿을 고를 때, 에링이 아이카를 '아이카'라고 이름으로 불러 줬는걸요."

　아이카가 의기양양하게 웃었다.

　그와는 대조적으로 타카와시의 얼굴에서 냉정함이 사라졌다.

　입이 살짝 벌어져 있었다. 기습받은 무장 같았다. 오른손도 허둥지둥 변명하듯 살짝 앞으로 나와 있었지만, 정작 변명은 나오지 않았다.

　그러고 보니 그때, 타카와시는 선물을 고르느라 정신없는 틈을 타서 아이카라고 부르는 작전을 썼었다.

　하지만 아이카가 기억하고 있는 것을 봐도 알 수 있듯이 그 작전은 실패로 끝난 듯했다.

　솔직히 동요하는 타카와시를 보는 건 즐거웠다. 이거야말로 희열이다.

　"와~ 그런 일이 있었군요! 단짝이란 느낌이 들어서 아주 멋져요."

　아사쿠마가 아마도 순수하게 감상을 말했다.

　"아사쿠마도 도발하지 마!"

　뭐, 타카와시한테는 그렇게 들리겠지.

　"맞아요! 아이카랑 에링은 단짝이에요!"

"애초에, 어, 어째서… 너는 그런 쪽으로만 기억력이 좋은 거야! 기억할 만큼 극적인 상황도 아니었잖아!"

"아이카에게는 충분히 극적이었어요! 에링, 계속 아이카라고 불러도 돼요!"

"아니, 그건 사양하고 싶은데…."

하지만 타카와시의 동요는 진짜였다.

본인도 의식하지 못한 사이에 3초간 아이카와 눈을 마주칠 만큼.

오랜만에 마음속 오픈이 발동했다.

〈이럴 줄 알았으면 좀 더 빨리 아이카라고 부를걸…. 이제 와서 호칭을 바꾸기도 어렵고, 안 바꾸면 또 그것대로 들볶을 테고….〉

"아, 에링, 아이카라고 부르고 싶었던 거군요! 그럼 지금 당장 그렇게 불러도 돼요~!"

"그런 말은 한마디도…."

타카와시는 퍼뜩 놀란 표정을 짓고서 뒤돌아보았다.

역내 전광게시판 같은 것이 확실하게 등장했다.

〈으악, 실수했어! 나와 버렸잖아!〉

마음의 소리가 훌륭하게 표시되었다. 이제 발뺌은 불가능했다.

"아사쿠마, 이게 타카와시의 이능력인 '마음속 오픈'이야. 마음의 소리가 전부 표시돼. 이왕 이렇게 된 거 찬찬히 견학해."

"그레 군, 나중에 눈물 쏙 빠지게 해 줄 거야."

〈그레 군, 나중에 눈물 쏙 빠지게 해 줄 거야.〉

마음의 소리와 말이 일치했다. 그리고 날 노려보았다.

하지만 타카와시여, 나를 울릴 틈 따위 없을 거다.

"에링, 사랑해요!"

아이카가 양손을 번쩍 들고 그대로 타카와시에게 안겼다.

타카와시가 "잠깐만! 하지 마!"라고 말했지만 나는 아무런 조치도 취하지 않았다.

드레인이 있으니까. 여자에게 해를 끼치는 짓은 할 수 없다.

여자끼리 꽁냥거리는 게 은혜롭다든가, 몇 시간이고 볼 수 있겠다든가, 그런 생각은 결코 하지 않았다. 나를 실컷 말로 공격한 벌이라고 생각하지도 않았다. 정말이다. 응, 정말로, 정말로.

그리고 지금 마음의 소리를 읽는 건 역시 너무하다는 생각이 들어서 최소한의 인정을 베풀어 읽지 않았다. 만약 '아이카와 절친이 돼서 기뻐'라고 적혀 있는 걸 내가 본다면 타카와시는 수치스러워서 할복할지도 모른다.

"에링의 몸은 보기보다 부드럽네요!"

"알 게 뭐야! 떨어져!"

"아이카라고 다시 불러 줄 때까지 안 떨어질 거예요!"

아이카는 이런 부분에서 꽤 막무가내구나. 솔직히 슬쩍 촬영하고 싶지만, 스마트폰을 들면 역시 들키겠지. 묘조 회장처럼 기척을 완전히 지우는 이능력을 갖고 싶다.

한편 아사쿠마는 두 사람 사이에 끼는 건 위험하다고 느꼈는지 시오노미야 쪽을 보고 있었다.

"스승님, '강제 카멜레온' 극복에 힘을 보태 주셨을 뿐만 아니라 일부러 선물까지 준비해 주시다니, 정말 감사합니다!"

이곳에만 체육계의 상하 관계가 있었다. 메이드장이 옆에 있어서 그림은 이상해졌지만.

"그렇게 딱딱하게 예의 차리지 않아도 돼요. 오히려 저는 아사쿠마 양이 내킬 때 또 이곳에 와 주셨으면 해요."

시오노미야가 인관연의 고문처럼 말했다. 고문인 보죠 선생님이 고문다운 일을 전혀 하지 않는 탓도 있었다.

"아~ 하지만 따로 부탁드릴 일이 없어서요…. 의뢰할 게 없는 인간이 오면 방해되지 않나요…?"

"의뢰할 게 없어도 와 주세요. 스승에게 사양하는 건 제자답지 않아요."

아사쿠마와 이야기할 때의 시오노미야는 평소보다 어른스럽게 보였다. 이때도 그랬다.

사람은 윗사람에게만 영향을 받아서 성장하지 않는다. 누군가에게 뭔가를 가르쳐서 성장하기도 한다.

"네! 알겠습니다!"

그야말로 아서왕이라고 형용할 만한 늠름한 웃음이었다.

"이 선물에 대한 보답은 2월에 가져올게요."

"왜 2월이죠?"

내 머릿속에도 시오노미야와 똑같은 의문이 떠올랐다.

"1학년은 2월에 어디 여행 가던가?"

아서왕은 조금 말하기 껄끄러운 듯 시선을 창문 쪽으로 돌렸다.

하지만 그것만으로는 부족했는지 아사쿠마가 점멸하기 시작했다. 카멜레온 상태가 되려고 할 만큼 부끄러운 건가.

"저는 발렌타인데이에… 초콜릿을 잔뜩 받아서…. 2월 일을 어떻게 벌써부터 아냐고 하실 수도 있는데… 이미 주겠다고 선언한 사람이 꽤 있거든요…. 중학생 때도, 그, 그랬고…. 괜찮으시다면 나눠 드리려고…."

그랬군…. 역시 아서왕….

"나도 살면서 한 번쯤은 초콜릿을 잔뜩 받는다고 말해 보고 싶어."

못 받는 사람에게는 오히려 평범한 날보다 더 불행한 날이니까….

"그건 아사쿠마 양에게 건넨 호의니까 저희에게 주면 안 되는 것 아닌가요?"

"하지만 스승님, 수가 많으면 처리하기 힘들어요…. 심지어 마음이 담겨 있어서 편하게 먹기도 어렵고요…."

점멸하고 있어도 아사쿠마가 매년 2월에 곤란해하고 있다는 건 알 수 있었다.

'정념'이 담긴 선물이니 말이지. 수가 많으면 '정념' 때문에 피곤할 거다.

"그럼 같이 먹는 건 어떨까요? 저도 먹을 테니까요!"

해결책을 찾았다고 생각했는지 아사쿠마의 얼굴이 환해졌다. 점멸도 끝났다.

"그런 거라면 협력하겠어요."

스승인 시오노미야도 납득한 듯했다.

근데 발렌타인인가.

시오노미야는 다이후쿠에게 초콜릿을 줄까?

이후 전개에 달렸으려나…. 사귀지 않는다면 초콜릿을 주는 건 어장 관리가 될 수도 있으니까.

"스승님도 무슨 일 있으면 제자인 저에게 말해 주세요! 긴장 극복을 도와주신 답례로 뭔가 해 드리고 싶으니까요!"

"확실히 들었어."

갑자기 타카와시의 말이 화살처럼 날아왔다.

참고로 여전히 아이카에게 안겨 있었다. 하지만 마음속 오픈은 사라진 상태였다. 그게 있었다면 이쪽 얘기에 끼어들지도 않았을 거다.

슬슬 타카와시도 안기는 데 익숙해진 모양이다. 매우 부럽다.

드레인을 제어하여 일정 시간 완전히 무력화하게 되면 나한테도 아이카가 안길… 리가 없지…. 난 남자니까….

아무튼.

타카와시의 한마디에 아사쿠마도 어리둥절한 얼굴이었다. 타카와시가 얘기를 듣고 있을 줄은 몰랐을 것이다.

"방금 뭐든 하겠다고 했지?"

"야, 과거를 바꾸지 마! 아사쿠마는 '뭐든 하겠다'라고는 안 했어! 정확히는 '뭔가 하고 싶다'야!"

타카와시가 마음대로 명령할 수 있는 상황을 만드는 것은 생살여탈권을 넘기는 것과 같다. 내 제자가 아니더라도 후배는 지켜야 한다.

하지만 문화제 때 승부에서 진 탓에 나도 타카와시의 말을 하나 들어야 한단 말이지…. 줄곧 보류로 있는 건 무섭다.

이대로 명령하는 것까지 잊어 버려 주면 좋겠지만, 타카와시가 이런 짧짤한 권리를 포기할 리 없다. 기대하지 말자. 저 녀석은 언제든 내 머릿속에 설치된 폭탄을 터뜨릴 수 있다.

"잠깐 의논하고 올게. 시오노미야, 그리고… 아이카도 와 줘."

아이카는 "아이카라고 불렀으니 안 갈 수가 없네요!"라며 씩씩하게 말했다. 시오노미야도 거절할 이유는 없을 것이다. 두 사람이 참가해 준다면 터무니없는 명령은 떨어지지 않을 터다.

근데 나는 이대로 남게 되는 건가. 뭐, 아사쿠마라면 얘기하는 게 그렇게 어색하지 않겠지만….

"저기, 나는….."

타카와시가 나를 빤히 보았고….

"ㅇㅇㅇ."

뭔가 중얼거렸다.

목소리가 작아서 알아듣지 못했다.

짧은 말인 건 확실한데, 대체 뭐지?

내가 이해하지 못했음을 타카와시도 알아차렸는지 뭔가를 턱짓하듯 얼굴을 움직였다.

그 끝에는 아사쿠마가 있었다.

어? 아사쿠마한테 뭘 하라는 거야? 이미 선물은 줬고. 서프라이즈 선물이 또 있나? 그런 말은 전혀 못 들었어.

여전히 이해하지 못했으나 타카와시는 두 여자(와 메이드장)를 데리고서 복도로 나가 버렸다.

"타카와시 선배는 당당해서 멋있어요."

그 직후에 아사쿠마가 이런 말을 했다.

"아니, 그렇게 마음에도 없는 말은 안 해도 돼."

"정말이에요. 제게 없는 것을 타카와시 선배는 가지고 있다고 생각해요. 타카와시 선배처럼 되고 싶기도 해요."

아사쿠마의 온화한 표정을 보니 거짓말은 아닌 것 같았다.

"제2, 제3의 타카와시가 나타나면 세이고가 위험해지니까 너무 동경하진 마."

말을 마침과 동시에 LINE 메시지가 왔다.

타카와시가 보낸 거여서 방금 내 말을 들은 건가 싶었지만 그건 아닌 듯했다.

[해치워.]라는 세 글자만 적혀 있었다.

뭘?

거의 암살 지령 수준이라고 할까, 이거, 여자가 LINE으로 보낼 만한 내용이 아닌 것 같은데, 구체적으로 묻기 전에 다음 메시지가 왔다.

[아사쿠마를.]

지금 경찰이 와서 살인 교사로 체포하겠다고 하면 억울함을 입증할 수 없을 것 같다. 아니, 교사만으로는 현행범이어도 체포할 수 없나? 그런 형사법까지 자세히 알지는 못해서 모르겠지만.

설마 이 아사쿠마가 가짜라든가?

그럴 리가 없다. 이능력자가 교내에 우글거려도 이능력 배틀물 같은 일은 일어나지 않는다. 물론 누군가를 쓰러뜨리는 상황도 발생하지 않는다.

이 녀석은 무슨 말을 하고 싶은 거야? 더 구체적으로 말하라고. 드레인을 써서 아사쿠마를 의식 불명 상태로 만들라는 메시지가 온다면 그건 그것대로 절망적이겠지만….

일단 나는 아사쿠마를 보았다.

억지로 입꼬리를 끌어 올려 미소를 장착했다.

"미안, 친구가 LINE을 보내서…."

타카와시를 친구로 분류해도 될지 의심스럽지만, 동맹자가 LINE을 보냈다고 말하는 것보다는 자연스러울 거다.

"아, 네. 얼마든지 대화해 주세요!"

아사쿠마도 내 모습이 이상하다고 느꼈을지도 모른다. 이런 영문 모를 상황에 처하면 당연히 그렇겠지. 내 잘못이 아니다. 전부 타카와시 잘못이다.

[미안한데 무슨 말인지 모르겠어.]

내가 사태를 파악하지 못했음을 전했다.

[눈앞에 사냥감이 있어.]

엄청나게 불온한 답장이다!

나는 언제 암살자가 된 거야?

설령 진짜 암살자여도 내가 범인이라는 게 바로 들통나잖아.

[뒤숭숭한 소리 하지 마! 진지하게 설명해!]

화났다는 노란 얼굴 이모티콘도 넣을까 했지만, 시간을 단축하기 위해 생략했다.

[기회를 줬더니만.]

생색내는 답장이었다.

그러니까 무슨 기회인지 알려 달라고!

나도 모르게 소리칠 뻔했다. 그 정도로 울컥했다.

하지만 마침내 답이 나왔다.

[응원 연설인.]

"아아아아아! 그래!"

아사쿠마는 이능력도 어느 정도 극복했고, 남성 공포증을 제외하면 무대에 서는 것도 익숙할 터다.

응원 연설을 부탁하기 딱 좋은 인재였다.

나는 차렷 자세로 아사쿠마 쪽을 보았다.

"아, 하구레 선배, 무슨 일 있나요?"

내 태도가 이상해서 아사쿠마도 살짝 겁먹은 모습이었다. 왠지 모습도 흐릿해진 듯했다.

이번에는 자의식 과잉이 아닐 것 같은데, 아사쿠마 입장에서는 다른 애들이 자리를 비웠으니까 이대로 고백하라는 LINE을 받았다고 느끼지 않았을까?

갑자기 단둘이 됐고, 아예 말이 안 되는 일은 아니다. 내가 아사쿠마였어도 그렇게 생각했을 것 같다.

그러니 더더욱 그게 아니라는 걸 빨리 보여 줘야 한다!

"나 학생회장 선거에 나갈 건데… 응원 연설인이 필요하거든…. 네가 해 주면 아주 기쁠 거야!"

나는 차렷 자세로 말했다.

또렷한 목소리를 내기에 그다지 좋은 자세는 아니었지만, 그런 건 어찌 되든 좋다.

중요한 것은 상대에게 전해지느냐다.

"응원 연설인…? 중학생 때 '이 사람이 학생회에 어울리는 이유를 설명하겠습니다' 하고 말하는 역할이 있었는데, 그거랑 비슷한 건가요?"

"맞아, 그거야! 어째선지 올해는 인관연 멤버가 전부 선거와 엮여서…."

말이 매우 빨라졌다는 걸 알 수 있었다. 하지만 1초라도 빨리 설명을 끝내는 게 좋다. 내 사정 때문에 아사쿠마의 시간을 잡아먹고 있는 거니까.

"주된 일은 투표 전 연설 때 나를 응원하는 이유를 말하는 거야. 그 이전에 할 일은 나 혼자서 할게. 긴장하게 만드는 일이라는 건 알지만…."

머리를 숙여야 할까 싶었지만, 그냥 아사쿠마의 얼굴을 지그시 바라보며 말하기로 했다. 머리를 숙이는 행위를 자신의 비굴함을 나타내는 데 쓰고 있다는 생각이 들었기 때문이다. 실제로 상대의 대답을 들을 때 얼굴을 보지 않을 수 있다면 편하다.

그렇게 도망치는 짓은 하지 않겠다.

내가 지그시 바라봐도 아사쿠마는 투명해지지 않았다.

오히려 차분히 웃고 있었다.

"네."

아사쿠마는 그렇게 말했다.

"하구레 선배에게도 도움을 받았고, 인관연분들을 도울 수 있다면 하겠어요."

"고마워! 정말로, 정말로 고마워!"

나는 양손을 움켜쥐고 몸을 떨었다.

그리고 정중하게 머리를 숙였다. 감사의 의미라면 얼마든지 숙여도 된다.

돌발적인 일이었지만.

응원 연설인이 없다는 절망적인 사태는 피했다.

학생회 선거에 나간다는 다음 단계로 한 칸 전진할 수 있다!

"하구레 선배, 너무 고마워하시는 거 아니에요? 이 정도야 대단한 일도 아닌걸요."

아사쿠마가 웃었다. 아사쿠마 입장에서는 그렇게 느낄 만도 했다.

"호들갑 떠는 거 아니야. 상당히 큰 과제였어."

내가 타카와시에게 무사히 끝났다고 메시지를 보내기 전에 문이 열렸다.

타카와시가 돌아왔다.

"이 정도 기다렸으면 됐지? 그레 군, 싸울 권리는 얻었어?"

"그래. 입후보 신청서를 가져와서 바로 제출할 거야."

타카와시에게 빚을 지고 말았다.

나는 틀림없이 동맹자에게 도움을 받았다.

"하구레 군, 아사쿠마 양, 무운을 빌게요."

시오노미야가 아사쿠마를 향해 가볍게 주먹을 내밀었다.

아사쿠마도 그에 맞춰 웃으며 가볍게 주먹을 내밀었다.

깨끗한 우정 같은 것을 보았다.

"둘 다 힘내요! 에링이랑 드리드리도요!"

아이카도 내게 한번 부탁받은 입장이니, 응원 연설인이 결정되어 안도했을지도 모른다. 정말로 기뻐해 줬다.

"드리드리라니 좋은 표현이네. 앞으로 타이밍을 봐서 써야겠어."

다만 타카와시는 자신이 응원하는 녀석을 공격할 무기를 손에 넣었다고 인식하고 있었다.

에리아스, 너 실은 사람을 잘못 골랐을지도 몰라….

"하구레 나리히라, 학생회장 선거에 입후보하겠습니다."

학생회의 이름 모를 남학생에게 신청서를 내밀었다.

뒤에 다이후쿠와 에리아스도 있었지만, 굳이 불러내서 건네는 것도 이상하다. 그리고 에리아스한테 건네면 수리했다고 말하고서 나중에 찢을 것 같다…. 아, 에리아스라면 찢는 게 아니라 물에 적시려나….

안쪽에서 다이후쿠가 가느다란 눈을 크게 뜨고 있었다.

아직 다이후쿠에게는 알리지 않았었으니 말이지. 그 모습을 보니 조금 미안했다.

"어… 학생회장인가요…. 아아, 네…."

내 앞에 있는 학생회 임원은 꽤 당황했다. 이 반응을 보건대 이제 와서 학생회장이 되고자 하는 건 제정신으로 할 일이 아닌 거겠지.

리얼충이 재미로 하기에는 일이 소박하고 기간도 기니까.

그렇다고 리얼충이 아닌 인종이 선거에 발 벗고 나서는 것도 아니다.

그렇게 생각하면 선거에 나갈 만한 녀석은 한정적이다.

그때, 강렬하게 자기주장을 하는 누군가가 내 바로 앞에 나타났다.

엄밀히 말해서 그 누군가는 원래부터 그곳에 있었다.

"응, 나 묘조 마호가 확실하게 받았어! 이야~ 학생회장 입후보자가 마침내 세 명이네! 세 명!"

묘조 학생회장은 남자 임원을 쭉 밀어내고서 내 신청서를 받앗다. 아니, 뺏었다.

회장이 좋은 장난감을 찾았다는 표정을 짓고 있는 것이 신경 쓰이지만, 뭐, 좋다.

이런 식으로 평소에는 기척을 지우고 있다가 재밌어 보이는 일이 생기면 앞으로 나서는 거겠지….

"자기가 한 말을 지킬 줄 아는 인재는 유능해. 세상에는 입으로만 열심히 하겠다고 말하고 노력하지 않는 녀석이 더 많으니까~"

"그거 회장을 말하는 거예요. 거울을 보세요."

학생회실 안쪽에서 에리아스가 어이없어했다.

"에리아스, 그건 틀렸어. 왜냐하면 나는 열심히 하겠다고 말하지 않으니까! 열심히 하려는 생각 따위 전혀 없으니까! 이건 이것대로 자기가 한 말을 지키는 거지!"

"으스댈 일이 아니에요!"

상대적으로 에리아스가 매우 성실해 보인다….

아니, 에리아스는 학생회 일은 제대로 할 거다. 에리아스까지 설렁설렁 일하면 이 학생회는 안 돌아갈 거다….

근데 에리아스를 신경 쓸 때가 아니었다.

회장이 내 바로 옆으로 얼굴을 쑥 들이댔다.

너무 가깝다. 구체적으로 말하면 회장의 머리카락이 닿을 정도였다.

이렇게까지 극단적으로 행동하면 드레인을 조심하라고 말하는 것도 바보 같다는 생각이 든다….

"저기, 회장…?"

"이능력 제어 특훈은 다시 날을 잡아서 연락할게."

회장이 귓가에 소곤소곤 속삭였다. 이런 것도 나를 가지고 노는 일환일 테지만, 솔직히 기쁘긴 하다. 뭔가 좋은 냄새가 나고.

"네, 알겠습니다…."

"참고로 지금은 너한테만 눈에 띄도록 이능력을 조절하고 있어서 에리아스와 다이후쿠 군은 내가 말하고 있다는 걸 몰라."

그러고 보니 에리아스는 지극히 평범하게 다이후쿠와 업무 얘기를 하고 있었다.

아주 자연스러운 걸 보니 일부러 무시하는 게 아니라 정말로 인식하지 못하는 거겠지.

"그럼 이만."

다음 순간, 회장은 사라졌다. 그렇게 여겨졌다.

내 옆에는 없었다. 학생회실 안에도 없었다. 아마 어딘가에는 있겠지만, 나도 모르도록 이능력을 쓴 것이다. 정말로 이능력 제어에 관해서는 초일류구나….

대신 다이후쿠와 눈이 마주쳤다.

에리아스와 하던 얘기는 끝난 모양이다. 그럼 이어서 신경 쓰이는 건 나겠지.

"일 끝나고 시간 있어?"

내 쪽에서 설명할 책임이 있다고 생각했다.

"30분만 기다려 줄래?"

표정을 읽을 수 없는 다이후쿠의 얼굴은 이럴 때 고마운 걸까, 성가신 걸까. 현시점에 다이후쿠의 태도는 중립적이었다.

"다이후쿠, 전철로 통학하지? 집에 가면서 얘기하자."

★

친구를 학교에서 기다린다.

이런 일조차 1년 전의 내게는 없었다. 그걸 생각하면 나는 정말로 성장했다. 학교 성적은 큰 변화가 없지만, 지식량만 보면 2학년이 되고 나서 늘었다.

홉 스텝 점프의 스텝 단계려나.

점프해서 제대로 된 대학생이 될 수 있을까?

심심풀이로 음악 관련 인터넷 뉴스를 보고 있으니 얼마 지나지 않아서 다이후쿠가 왔다.

"가게에라도 들어가 있지."

"드레인 소유자는 말이지, 서서 기다리는 쪽이 위험성이 더 낮아."

나와 다이후쿠는 자판기에서 500mL 페트병 음료를 사서 마시며 걸었다. 오른손으로 자전거를 밀면서 왼손으로 페트병을 입으로 가져갔다. 콜라의 탄산이 입 안에서 톡톡 터졌다.

바람은 조금 세지만 춥다고 할 정도는 아니었다.

"설마 나리히라까지 출마할 줄은 몰랐어."

다이후쿠는 홍차를 한 모금 마시고서 바로 본론을 꺼냈다.

"하지만 확실히 너한테는 이게 가장 좋은 방법일지도."

내가 뭐라고 대답하기 전에 다이후쿠가 말을 이었다.

"맞아. 네 편도 에리아스 편도 들 수 없으니 이게 가장 좋은 방법이라고 생각했어. 사실 묘조 학생회장이 부추긴 거지만."

내 자발성의 한계는 현시점에 여기까지다.

스스로 선택지를 만들어서 거기에 뛰어드는 일은 못 한다. 다른 누군가라는 촉매가 필요했다.

그래도 이전과 비교하면 직접 움직이는 편이라고 생각한다.

친구가 생겼다는 아이카와 거리를 두려고 했었을 때는 심각했다. 타카와시가 거의 다 정해 준 거나 마찬가지였다.

수학여행 때도 내가 먼저 아이카에게 같이 돌자고 한 게 아니고…. 뭐… 그건 어쩔 수 없다. 사랑을 전한다는 목적도 없는데 특정한 이성을 불러내는 건 매너 위반이니까….

"부회장도 그렇지만, 나리히라한테 폐를 끼쳤네. 미안."

다이후쿠는 또 홍차를 한 모금 마셨다.

까막스피크를 썼는지 모르겠으나 까마귀 한 마리가 우리 앞에서 총총총 걸었다.

"시오노미야를 어떻게 대해야 할지 복잡해졌지? 시오노미야가 인관연의 유일한 남자인 나리히라한테 상담할지도 모르고."

아아, 다이후쿠도 그 부분은 신경 쓰고 있었나.

그래서 그런지 내가 학생회장 선거에 출마한다고 듣고 나서 다이후쿠는 후련해진 것 같았다.

"시오노미야가 진짜로 연애 상담을 부탁하면 매우 곤란하겠지만… 폐 끼쳤다고 사과하지 않아도 돼. 사과는 안 받아."

나는 손바닥이 보이게 오른손을 내밀었다. 노땡큐 포즈였다.

"누구에게도 폐 끼치지 않는 방법을 찾다 보면 결국 누구와도 적극적으로 엮이지 않는 수밖에 없어. 예전의 나처럼 아무것도 못 하게 돼. 그런 인생은 허무할 뿐이잖아."

콜라를 가방에 넣고 자전거 바구니에 담았다. 한쪽 손을 못 쓰는 건 불편하다.

"나야말로 너한테 아무 말도 안 해서 미안해."

에리아스와 싸우는 등 이런저런 일이 있었다고는 하지만, 친구를 배신하는 짓을 했다.

"그거야말로 사과할 필요 없어."

다이후쿠의 말에 안심했다.

나는 이번엔 오른손을 주먹 쥐고 다이후쿠 쪽으로 내밀었다.

내 오리지널은 아니었다. 시오노미야가 아사쿠사와 하는 것을 본 탓이었다.

"너는 너대로 하고 싶은 일을 해. 나도 그렇게."

내가 생각하기에도 대담해진 것 같다.

"응, 학생회장 선거, 정정당당히 치르자."

다이후쿠도 주먹을 만들어 내 주먹에 부딪쳤다.

곧장 서로 주먹을 펴고 거두어들였다.

"그나저나 나리히라, 꽤 오글거리는 일을 하는구나."

"어…? 그런가…? 하지만 그럭저럭 복잡한 얘기였고…."

"이런 청춘 드라마 같은 일을 네가 할 줄은 몰랐어."

분명 마음 한편으로 시오노미야 일은 다이후쿠의 문제라고 생각하고 있기 때문이겠지.

아니, 그게 사실이지만, 내 연애와 관련된 일이라면 이렇게 멋있는 척을 하지는 못했을 거다….

"썩는 것보다는 풋내 나는 게 낫잖아."

다이후쿠도 에리아스도 힘내라. 나는 나대로 힘낼 테니.

이능력 제어법을 배우는 게 메인이긴 하지만.

노력은 할 거지만, 내 운명은 학생회장이 제대로 가르쳐 주느냐 마느냐에 따라 결정될 것 같다….

묘조 마호

내 좌우명이
청탁병탄이니까~
방금 정했지만.

myojo maho

★공헌 레벨 : 3

★이능력명 :
최량 자기 재량 일인극

비고란

- 학생회장. 추천으로 편하게 대학에 갈 수 있을 거라고 생각해서 학생회장이 되었다.
- 언동은 대충대충. 재미있는 것을 좋아한다. 재미있는 사람을 좋아한다. 다른 사람을 놀리는 것도 매우 좋아한다.
- 임의의 범위 내에 있는 타인의 인식 수준을 조작할 수 있는 이능력을 가졌다. 원래는 상시 발동형이었으나 온오프와 강약을 조절할 수 있게 되었다.

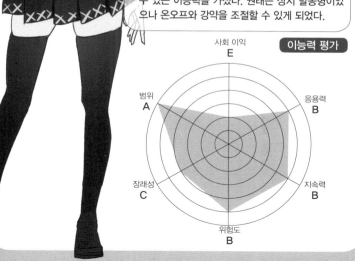

이능력 평가

사회 이익
E

응용력
B

범위
A

지속력
B

장래성
C

위험도
B

물리적으로 고립된 나의 고교생활

4 자기 이름을
계속 말하다 보면
이상한 기분이 든단 말이지

　드디어 학생회장 선거 신청 마감일인 목요일, 11월 22일이
되었다.

　마침 일기 예보에서 겨울이 찾아왔다고 할 만큼 기온이 내려
간 날이었다.

　신청은 4시까지.

　나와 에리아스와 다이후쿠(와 응원 연설인인 아사쿠마, 타카
와시, 그리고 핫타라는 남학생. 덧붙여 서기와 회계로 입후보
한 1학년생)는 그보다 조금 이르게 회의실에 모였다.

　핫타는 다이후쿠의 응원 연설인인 것 같았다. 키가 크고 꽤
맵시가 있었다. 그렇다고 날라리 오라를 풍기지도 않았다.

　솔직히 말해서 여자한테 인기 있을 것 같았다. 무조건 인기
있을 거다.

　애인 있냐고 물어보면 자연스럽게 있다고 대답할 것 같다.

여자와 둘이서 통학해도 그럴 만하다고 느끼겠지.

역시 다이후쿠는 학급 내 서열에서 정상급인 이런 녀석과도 교우 관계가 있구나. 나는 평생 엮일 일이 없을지도 모르는 타입이다.

다이후쿠와 핫타라는 남학생은 아주 자연스럽게 대화하고 있었다. 이쯤 되면 그냥 시샘일 뿐이지만, 핫타의 이능력은 매일 달걀 썩은 냄새가 나는 식의 너무한 종류였으면 좋겠다. 안 그러면 나와의 차이를 납득할 수 없다….

한편 에리아스는 타카와시가 아니라 내게 말을 걸고 있었다.

"반드시 밟아 주지. 아예 투표하기 전에 밟겠어! 밟아 주겠어!"

"너, 녹음되면 끝장날 만한 발언은 삼가도록 해…."

"드리코, 그레 군은 이미 밟혀 있는 거나 마찬가지라서 밟기 어려워. 종이를 납작하게 펴는 건 어렵잖아. 그럴 때는 불살라 주겠다고 하면 돼."

내 동맹자가 시답잖은 조언을 했다. 지금은 내 대항마의 응원 연설이니까 어쩔 수 없지만….

어이쿠, 아사쿠마를 무시하면 안 되지. 확실하게 말을 걸자. 외톨이였던 나는 말할 타이밍이 없어서 괴로웠던 경험을 수없이 했으니까.

아사쿠마는 사라진 상태였다.

"죄송해요. 지금 투명해져 있어요! 선거를 앞둔 분위기에 압도되어 버렸어요!"

목소리만 근처에서 들렸다.

"그, 그렇구나…. 그야 긴장되겠지…. 주위에는 연상밖에 없고, 응, 그건 사람으로서 평범한 일이니까 신경 쓰지 않아도 돼…."

특수한 경험이라는 것은 틀림없다.

나도 학생회 선거에서 무슨 일이 일어나는지 잘 몰랐다.

아니, 회장이 다소 가르쳐 주긴 했지만, 그 사람은 헐렁해서 믿어도 될지 모르겠다.

시간은 어느새 4시 5분이었다.

"응, 다들 있네!"

기운찬 목소리가 들려서 봤더니 화이트보드 앞에 묘조 학생회장이 서 있었다.

또 이능력을 사용해서 숨어 있었던 걸까. 아니면 방금 온 걸까. 전혀 판단할 수 없었다.

"학생회실에 있었지만 네 시까지 접수하러 오는 사람은 없었어. 그런고로 학생회장 선거는 너희 셋이 경합하게 될 거야. 서기와 회계는 각각 입후보자가 한 명이라서 신임 투표가 될 것 같지만 일단 들어 줘. 내년에 입후보할 때 참고가 될지도 모르니까."

회장은 화이트보드에 뭔가 적기 시작했다. 지금은 성실하게 일하려는 모양이다.

"지금부터 현직 학생회장으로서 설명할게. 선거 활동 기간은 3일 연휴 이후의 월요일인 26일부터 그다음 월요일인 12월 3일까지. 그리고 그 월요일에 연설과 투표. 추워지는 계절이지만, 선거 활동 기간 중에는 확실하게 운동장에서 연설 같은 걸 해 줘~"

실질적으로 승부는 다음 주인가. 포스터를 만드는 편이 좋을까? 하지만 내 목적은 학생회장이 되는 게 아니고, 돈 드는 일은 하지 말자. 아주 간단히 흑역사가 될 것 같다.

"기타 사항은 과거의 학생회가 만든 『선거 안내서』를 인쇄해 왔으니까 각자 읽어 둬~"

역시 대충 끝냈다!

"회장, 설명이 너무 대충이에요!"

에리아스가 불평했다.

이 녀석, 학생회에서 고생하고 있을지도…. 학생회의 권력을 쥐고 있다기보다는 회장이 이것저것 떠넘기고 있다고 하는 게 맞을 것 같다.

묘조 학생회장의 됨됨이를 알고 나서 에리아스를 보는 눈도 조금 상향 조정되었다.

"그치만 학교 밖에서 선거 활동을 하면 안 된다는 둥 너무 당연한 것들만 적혀 있는걸. 그런 짓을 할 사람은 없잖아?"

역 앞에서 연설 같은 걸 한다면 확실히 웃음거리가 된다. 동영상 찍혀서 SNS에 업로드될 거다….

"그럼 요점만 간추려서 말할게. 포스터는 특정 게시 장소에 붙여도 되지만, 효과는 미미해. 현실 정치와 달리 누가 학생회장이 되든 공약에 별 차이가 없어서 어필할 방법도 없고."

뭐, 학비를 무료로 하겠다는 말은 못 하니까. 결국 학생이 할 수 있는 일은 한계가 있다.

"승부는 투표 전에 전교생 앞에서 하는 연설로 거의 결정되니까. 그것만 진지하게 생각하면 돼. 그리고 응원 연설인의 연설은 생략할 수 없으니 반드시 아무 말이나 해 줘~"

"저기, 연설 직전에 배탈이 나도 생략할 수 없나요?"

타카와시가 아래를 보며 질문했다.

이 녀석, 벌써 빠져나갈 길을 찾고 있어!

이렇게 머리가 좋은 녀석은 제도상의 허점이 없는지 찾으려 하는 경향이 있다.

"오, 타카와시 양, 좋은 질문이야~"

타카와시 양이라는 호칭, 꽤 신선하다. 내가 그렇게 부르면 ○○당할 것 같다(자체 검열).

"그럴 경우 대리를 세워 줘. 응원 연설인도 반드시 말함으로써 자주성을 높이자는 과거의 가치관이 살아 있거든. 그 대신 무슨 말이든 해도 되고, 입후보자와 응원 연설인 중에 누가 먼저 말할지도 자유야. 자유는 무책임하단 말이지."

"그럼 내가 좋아하는 밴드를 열 개 정도 말해서 방송 사고 같은 분위기로 만들까."

"잠깐, 잠깐만, 타카와시! 그런 내부 배신자 같은 짓은 하지 말아 줘! 나는 진짜로 학생회장이 되려고 하니까!"

타카와시의 계략을 듣고 에리아스가 진짜로 겁먹었다.

타카와시는 이상한 데서 배짱이 있는지라 진짜로 실행할 것 같다는 점이 무서웠다.

"어쩔 수 없지. 좋아하는 영화 10선으로 타협할게."

"음악 얘기여서 안 된다는 말이 아니야!"

"그럼 응원 연설인은 다들 좋아하는 영화를 다섯 개씩 말하는 건 어때?"

"다른 사람까지 끌어들여서 규칙을 바꾸려고 하지 마!"

이 이상 에리아스를 놀리면 울 것 같다.

"이야~ 타카와시, 최고야~"

회장은 전혀 주의를 주지 않고 웃고 있었다. 오히려 더 놀리길 바라겠지.

"나도 이런 이벤트는 때려 부숴 줬으면 한단 말이지. 이런 데서 그저 성실한 척하는 것 가지고 자기가 잘난 줄 착각하는 녀석은 재미없잖아. 그냥 개그 소재로 삼아 줘."

그건 에리아스를 겨냥한 말처럼 들렸다.

eXtreme novel

『물리적으로 고립된 나의 고교생활』 6권 수량 한정 특별부록

단순히 내가 에리아스를 보고 있어서 그렇게 들린 걸까?

다만 나도 학생회 선거가 엉망이 되면 곤란했다.

이 선거에는 다이후쿠가 시오노미야에게 남자다운 모습을 보인다는 요소도 있으니까.

그런데 선거 자체가 코미디가 되면 다이후쿠의 결심도 코미디가 되어 버린다.

그건 너무한 일이다…. 인생에서 꽤 상위권에 드는 트라우마가 된다….

"타카와시, 선거는 진지하게 치르자. 너랑 나만 웃음거리가 되는 게 아니야. 다른 많은 사람도 휘말리게 돼…."

같은 동호회 사람으로서 타카와시에게 그렇게 주의를 줬다.

"그래그래. 웃음거리는 그레 군만으로 충분하지."

짜증 나는 말투지만, 타카와시는 극악무도한 인간이 아니니까 일단 눈치 있게 굴 거다.

"좋아, 설명은 끝이야. 나머지는 각자 안내서를 읽어 봐. 그리고 현 학생회장으로서 한마디만 해 둘게~"

탕!

회장이 테이블을 때렸다.

뭐지? 마지막에 진지한 말을 하려는 건가?

"아까 때려 부수라고 했지만~ 그저 의욕이 없을 뿐인 건 안 돼. 그건 성실한 척하며 자기가 잘난 줄 아는 녀석보다도 못한 거니까. 즉, 어쨌든 온 힘을 다하라는 거야."

아, 마지막에 와서 회장다운 말을 한 것 같다.

뭐든 대충 하지 말란 거지.

응, 나도 노력은 할 거다.

대충 하는 것처럼 보이면 회장이 이능력 제어법을 안 알려 줄 테고.

"아, 하구레 군, 너도 가망 없는 후보라고 대충 임하는 건 안 돼. 온 힘을 다하도록."

"네, 알겠습니다. 근데 가망이 없다니 너무하네!"

사실이라도 해도 되는 말과 하면 안 되는 말이 있잖아!

"구석에 처박힌 가망 없는 생쥐."

타카와시가 잔인한 별명을 나직이 말했다.

"하지 마. 이상한 호칭이 정착되니까 하지 마!"

"그럼 해산. 다들 바이바이."

회장은 다시 헐렁한 분위기가 되어 떠났다.

어쨌든 이로써 나, 에리아스, 다이후쿠의 학생회장 싸움이 확정되었다.

의욕 없다고 너무 강하게 어필하는 건 확실히 논외겠지만, 할 수 있는 일은 한계가 있다…. 어디까지나 내가 할 수 있는 범위에서 전력을 다하자. 애초에 할 수 없는 범위에서 전력을 다하는 것도 이상하지만.

특히 아사쿠마는 농구부 활동도 있을 테니까 최대한 나 혼자 끝내자.

"앗, 아사쿠마, 회의는 딱히 안 해도….."

"하구레 선배, 싸우죠! 이기러 가는 거예요!"

"으, 응….."

나보다 아사쿠마의 의욕이 더 컸다. 운동부답게 복식 발성이었다.

"선거 활동 회의는 토요일이랑 일요일 중에 언제가 좋을까요? 아니면 지금 할까요?"

"어? 으음… 아사쿠마는 농구부 활동이 있잖아? 그쪽을 우선해 줘."

"알겠습니다. 그럼 저는 제가 연설할 원고를 생각해 둘게요!"

이래서야 나도 뒤로 물러날 수 없을 것 같다….

그리고 이미 승부는 시작되어 버렸다.

시선이 느껴진다 싶어서 봤더니 에리아스가 내게 적의 어린 눈빛을 보내고 있었다. 틀림없이 선거의 적이긴 하지만.

"정말이지, 보통, 남자가 여자한테 응원 연설인을 부탁하나? 나리히라가 음흉한 녀석이라는 게 확실해졌어."

제멋대로 말했다.

물론 그런 흑심이 있어서 아사쿠마한테 부탁한 건 아니었다. 동성 친구가 몹시 레어한 탓이었다.

나도 남자한테 응원 연설인을 부탁할 수 있었다면 확실하게 그랬을 거다. 하지만 스스럼없이 부탁할 수 있는 친구는 다이후쿠밖에 없었다(노지마 군에게는 조심스러운 마음이 있었다). 그걸 여자를 노렸다는 식으로 말하는 건 억울했다.

"야! 너도 처음에 나한테 응원 연설인이 되어 달라고 했었잖아! 사돈 남 말 하네 안건이야!"

"무슨… 햐… 그런 말 하지 마…."

에리아스의 얼굴이 서서히 빨개졌다.

아차. 이곳에는 그런 사정을 모르는 녀석도 있었다. 얼떨결에 말해 버렸다.

"견원지간이네. 나는 개도 원숭이도 되고 싶지 않지만."

타카와시가 최근 들어 가장 어이없다는 표정을 지었다. 사람을 깔보는 데 정평이 나 있었다.

"타카와시, 넌 에리아스 편이니까 도와줘라…."

"아아~ 무신경한 그레 군을 플라나리아처럼 분열시키는 이 능력자, 어디 없으려나."

"너무 섬뜩한 일이고, 그거, 누구한테 메리트가 있는데…."

일단 타카와시는 생각하는 척했다. 정말로 생각하고 있는지는 모르겠다.

"아마도 나한테 메리트는 없어."

지금의 나를 늘릴 바에야 내가 드레인을 억제할 수 있는 이능력자로 다시 태어나는 편이 세상에 훨씬 도움이 된다.

"질 수 없네요, 하구레 선배!"

아무래도 회장이 아사쿠마의 체육인 기질이라도 자극한 모양이다. 선거 활동은 체육계 방식으로 헤쳐 나갈 수 있는 걸까.

"선배, 타츠타가와 부회장한테 아무런 대꾸도 못 하고 있잖아요. 선거를 통해 다시 보게 만드는 거예요! 스승님도 확실하게 보조하라고 하셨고, 저도 힘낼게요!"

우리를 보던 타카와시가 나직이 말했다.

"대재해는 나쁜 일이 거듭되며 일어난단 말이지."

너무 불길하지만, 나도 아사쿠마를 보고서 비슷한 말을 떠올리고 있었다.

헛수고, 라는 말을.

"아사쿠마, 적당히 차근차근 하는 것도 중요해. 그런 방식으로 가자…."

★

연휴가 끝난 월요일.

나는 교문을 조금 지난 곳에 서 있었다.

'하구레 나리히라'라는 이름이 적힌 어깨띠를 두르고서.

옆에 있는 아사쿠마도 똑같이 '하구레 나리히라' 어깨띠를 두르고 있었다.

딱히 아사쿠마의 이름이 '하구레 나리히라'로 바뀐 건 아니었다. 가부키나 라쿠고 업계도 아니기에 2대 하구레 나리히라가 있지도 않았다. 만약 그렇다면 2대가 훨씬 인기 있으므로 초대인 내가 괴롭다.

"학생회장으로 하구레 나리히라, 하구레 나리히라를 뽑아 주시기 바랍니다. 하구레 나리히라, 하구레 나리히라, 하구레, 하구레, 하구레 나리히라!"

아사쿠마가 또랑또랑한 목소리로 외쳤다.

왠지 폐품 수거 트럭 같다고 생각했다.

참고로 어깨띠는 아사쿠마가 가져왔다. 나는 지역 후원회 사람들에게 추대받아 출마한 2세 의원 같은 거였다.

"자, 선배도 좀 더 이름을 말해 주세요."

"응…. 근데 자기 이름을 연호하는 건 좀 부끄럽단 말이지…"

"일단 이름을 기억시키는 게 중요해요. 출마했으니까 창피함은 견뎌야죠. 학생회장이 되기 위한 일이에요. 유권자 밀착 활동이에요."

아사쿠마, 이상한 말을 알고 있구나.

체육인 모드에 불이 붙은 아사쿠마는 이제 긴장해서 사라지거나 점멸하지도 않았다. 나무랄 데 없는 아서왕이었다.

"그리고 시간 들여서 정책을 들어 줄 학생도 없고, 선배는 딱히 공약도 생각하지 않았잖아요."

타카와시가 깔보며 깎아내리는 말은 항상 들었지만, 아사쿠마 같은 멀쩡한 아이에게 이렇게 정론으로 지적받는 것도 괴로웠다.

"그치만… 진짜로 아무것도 안 떠올라서…."

지난주 목요일 방과 후, 아사쿠마와 나는 하치오지역 앞에 있는 패밀리 레스토랑에서 선거 활동 회의를 했다.

그 시점에 아사쿠마의 열의에 내가 밀리는 부분이 있었으므로 미안한 마음에 디저트값은 내가 냈다.

으음… 내 주된 목적은 어디까지나 회장에게 특훈을 받는 거란 말이지…. 학생회장이 너무너무 되고 싶은 건 아니다. 진심으로 활동해도 전 부회장인 에리아스가 당선될 게 확실하고.

지금처럼 운동장에 서서 착실하게 선거 활동을 하는 걸 진심 어린 활동으로 인정해 줬으면 좋겠다. 체육 대회의 계주 연습이라면 뛰거나 자세와 출발을 확인하는 것 밖에 없는 것처럼 말이다.

하지만 의욕적인 아사쿠마에게 이런 말을 직설적으로 해 봤자 상황만 복잡해질 것 같고, 회장도 진지하게 임하라고 못을 박았다. 진짜로 얘기가 다르잖아.

그 결과, 아사쿠마가 미는 대로 밀려가는 흐름이 되어 버렸다.

나도 굳이 의욕 없다는 어필을 할 마음은 없고, 출마했으니

최소한의 책임은 다할 거다. 그 마음에 거짓은 없다.

하지만 그래도 아사쿠마의 열량은 전혀 이길 수 없었다.

단적으로 말해서 내게는 아사쿠마만큼의 정열이 없었다. 이건 의욕이 아니라 인격의 문제에 가깝다.

혹시 아사쿠마를 고른 건 실수였을까? 좀 더 의욕 없는 사람에게 부탁해야 했나? 하지만 학생회장이 될 마음은 없지만 학생회장 선거는 나가야 하니까 협력해 달라는 것도 의미 불명이고, 선택지 따위 없었다. 아사쿠마에게는 그저 고마울 뿐이다.

또한 회장에게서는 아무런 연락도 없었다.

딱 봐도 헐렁한 사람이니 말이지. 아무리 읽씹을 하고, 읽씹을 당해도, 전혀 신경 쓰지 않을 타입이다.

하지만 따지자면 회장이 출마하라고 한 게 원인이니까 조금은 도와줬으면 좋겠다.

"하구레 나리히라, 하구레 나리히라, 학생회장으로는 하구레 나리히라를 뽑아 주시기 바랍니다!"

"……하구레 나리히라를 뽑아 주시기 바랍니다. 하구레 나리히라를 뽑아 주세요."

내 목소리가 훨씬 작아서 내가 생각하기에도 한심했다.

"선배, 목소리가 작아요."

"미안…. 자신감이 없다는 걸 새삼 통감하고 있어…."

몸을 작게 웅크리고 살아가는 수준에서는 벗어났지만, 당당하게 내가 하구레 나리히라라고 주장하는 건 힘들었다.

자기 이름을 외치는 건 제법 용기가 필요한 일이구나.

"역시 자동판매기 개수를 늘린다든가, 자판기 음료의 가격을 낮춘다든가, 그런 공약을 넣어야 해요. 공약이 없으니까 이름을 연호할 수밖에 없어요."

유독 자동판매기를 고집한다 싶지만, 농구부니까 자판기 사용 빈도도 높을 것이다.

"응, 다 맞는 말이지만, 과연 실현할 수 있을까 싶어서 말을 못 꺼내겠어…. 불성실하잖아…."

"그건 어디까지나 목표니까 말해야죠! 정치가는 꿈을 보여줘야 해요! 극적으로 뭔가를 개선할 수 있는 정치가는 없어요!"

"맞는 말이긴 한데, 학생들이 다니는 곳에서 할 말은 아니잖아."

하긴, 그런 점만 진지하게 생각해서 목표를 말하지 않는 건 안 되겠지.

적어도 다른 후보는 할 일은 하고 있다.

교사의 입구 앞에서는 에리아스가 마이크를 한 손에 들고서 말하고 있었다.

"부회장인 타츠타가와 에리아스입니다. 제가 학생회장이 되면 먼저 물을 개혁하겠습니다. 제 이능력과 업자의 노력으로 음수대의 수질을 건강에 좋은 고품질 물로 바꾸겠습니다. 학생의 건강을 최대한으로 의식한 학교를 만들어 나가겠습니다."

제대로 활동하고 있었다.

심지어 자신의 이능력도 내세우고 있었다. 이능력자가 다니는 고등학교니까 당연한 어필이다.

타카와시가 졸린 얼굴로 옆에 서 있지만.

그야말로 마지못해 한다는 분위기를 풍기고 있어서 어떻게든 하는 편이 좋았다.

"이쪽은 응원 연설인을 맡아 준 2학년 수석, 타카와시 엔쥬입니다. 학년 수석, 학년 수석입니다."

에리아스 녀석, 타카와시가 아무것도 안 하니까 프로필을 전면에 내세우기로 했나.

그대로 에리아스는 마이크를 타카와시에게 떠넘겼다.

뭔가 문답이 있었지만 타카와시는 마이크를 잡았다.

"여러분, 누가 학생회장이 되든 큰 차이는 없습니다. 학생회장이라고 하면 듣기는 좋지만, 요컨대 학교의 허드레꾼입니다."

어느 정도 예상은 했지만, 엄청난 말을 꺼냈다!

지나가던 학생들도 발을 멈췄다.

폭탄 발언이고, 타카와시가 세이고의 유명인이라는 점도 한몫했을 것이다.

에리아스가 허둥거렸지만 이미 늦었다.

"반대로 말하면 허드렛일은 허드렛일에 익숙한 사람이 해야 합니다. 그 점에서 1년간 부회장으로 지낸 타츠타가와라면 무난하게 일을 소화하겠죠. 다른 학생한테 걸어 볼 의미도 딱히 없을 테고, 이런 건 보수적으로 굴면 됩니다."

…결론부터 말하자면, 문제가 많긴 해도, 에리아스에게 투표시키는 설득력은 있었다.

그랬다. 에리아스의 최대 강점은 공헌 레벨 5의 이능력도 아니고, 넘치는 의욕도 아닌, 부회장이었다는 경력이다.

총명한 타카와시는 그걸 잘 알고 있기에 그 부분을 강조한 것이다.

"다른 후보에 비해 타츠타가와가 학생회의 실무를 가장 잘 알고 있습니다. 즉, 다른 후보보다 낫습니다. 다른 후보가 회장이 되면 세이고가 혼란스러워질 수도 있습니다. 그런 위험은 피합시다. 타츠타가와를 싫어하더라도 괜찮습니다. 하지만 다른 두 남자보다 낫다는 건 틀림없습니다."

우리를 비방했다!

그건 매너 위반이라고! 아니, 매너 위반이라는 것 정도는 알고 있으려나….

타카와시에게 마이크를 넘기면 이런 일이 벌어지는구나….

"국회의원 선거나 지방 선거도 비슷합니다. 의원이나 지사가 극적으로 뭔가를 개선할 수 없는 것과 같습니다. 쓰레기 중에서 그나마 나아 보이는 쓰레기를 뽑는 것. 그게 바로 선거의 본질입니다. 이번 선거의 두 남자는 어떻게 할 수도 없는 쓰레기 쪽입니다."

에리아스가 "옳은 부분도 있지만, 발언이 너무 과격해!"라며 마이크를 뺏으려고 했다.

하지만 에리아스보다 키가 큰 타키와시가 교묘하게 마이크를 지켰다. 뭔가 농구 시합 같아졌다.

"선배, 타카와시 선배에게 말로 두들겨 맞고 있어요."

아사쿠마가 어쩌냐는 표정을 지었다. 어쩔 방도가 없어. 저 녀석은 못 막아.

"견디자…. 저 녀석을 말발로 이기는 건 불가능해…."

그리고 지금은 타카와시와 에리아스의 마이크 쟁탈전이 되었고.

에리아스가 폴짝폴짝 뛰며 마이크를 탈취하려고 애를 썼다.

"여러분, 누굴 학생회장으로 뽑든 크게 달라질 건 없습니다. 어차피 고등학생이 발휘할 수 있는 스펙 따위 뻔합니다. 사회인도 아니고, 권력도 뻔합니다. 인생 십여 년밖에 못 살았으니 어쩔 수 없습니다. 아마추어 중에서 가장 쓸 만해 보이는 아마추어를 뽑읍시다. 가장 쓸 만해 보이는 아마추어, 타츠타가와 에리아스를 잘 부탁드립… 드리코, 연설에 방해돼! 내 응원에 불만 있어?"

"당연히 있지! 독설은 그만둬!"

가관이다…. 유력 후보도 생각보다 얼간이야.

그 점에서 교문 앞에 있는 다이후쿠는 정공법(?)으로 공략하고 있었다.

까막스피크로 까마귀들을 잔뜩 모았다.

"여러분, 제가 학생회장이 된다면 이능력을 사용하여 까마귀와 교류할 수 있는 학교로 만들겠습니다. 구체적으로는 까마귀에게 인사하면 까마귀도 인사해 주는, 그런 즐거운 학교로 만들겠습니다!"

"다이후쿠 보쿠젠은 1년간 학생회 서기를 맡은 실적도 있습니다. 학생회장으로도 활약할 수 있을 겁니다. 화려한 맛은 없지만 가장 착실합니다."

"까마귀는 유해 동물로 취급되기도 하지만, 매우 겁이 많고 얌전한 새입니다. 게다가 똑똑해서 사람과 친해질 수도 있습니다."

다이후쿠는 평소보다 기합이 들어가 있는 것처럼 보였다.

응원 연설인인 핫타도 정상적인 응원을 하고 있었다. 정상적인 녀석이 별로 없기에 그것만으로도 대단해 보였다.

많은 학생이 가지런히 정렬해 있는 까마귀들을 보고 있었다.

동물을 이용하는 것은 임팩트가 있다. 예의 바르게 있으면 까마귀도 귀여워 보이니까.

여자들이 쭈그려 앉아서 까마귀를 보며 "귀여워~" 하고 말했다. 역시 동물은 강력하다. SNS에서도 가장 확산력이 강한 건 동물 관련 내용이라는 것 같고…. 실제로 스마트폰으로 촬영하는 여자도 있었다.

"자, 하구레 선배도 까마귀에게 지지 않게 뭔가 말해 주세요."

아사쿠마가 무리한 요구를 했다.

"뭔가 말하라고 해도… 동물보다 귀여워질 수는 없어…."

"귀여움은 바라지 않아요. 뭔가 선배 자신이나, 선배가 마련한 공약의 매력을 어필해 주세요."

내 매력이나 공약을 어필…하라고…?

진짜로 생각이 안 난다.

학생회의 권한으로 실행할 수 있으면서 학생의 이익이 될 일은 거의 아무것도 없다.

수업 시간을 단축하겠다든가, 대학 추천 범위를 늘리겠다든가, 그런 게 가능할 리도 없고….

"애초에 학생회장은 뭘 할 수 있지…? 타카와시의 말이 사실 아니야?"

"회의 때는 집에 가서 생각해 보겠다고 했잖아요. 약속을 지켜 주세요!"

큭! 후배가 이렇게까지 말하는데 도망치는 건 한심하다!

나의… 나의 좋은 점, 뭐 없나? 없어도 짜내!

저는 잔챙이지만 잘 부탁드립니다! 논외. 비굴함을 어필해선 안 된다. 그래서는 앞으로 살면서 아무것도 타개할 수 없다.

얼마 안 남은 마요네즈 튜브처럼 좋은 점을 짜내서 어떻게든 팔아 치울 수밖에 없다.

"저, 하구레 나리히라는 타인을 쇠약하게 만드는 이능력자입니다!"

결국 그리로 귀결된단 말이지.

나는 줄곧 드레인을 안고 가야 한다. 그걸 개성이라고 하는 건 얼버무리는 표현일지도 모르지만, 남들과 다른 점이라는 건 사실이다. 그렇다면 그게 대단하다고 말해 주겠다. 말은 하기 나름이다.

"저는 어떤 위험한 녀석이든 달라붙어서 쇠약하게 만들어 해치울 수 있습니다. 즉, 이 학교를 지키는 학생회장이 될 수 있습니다!"

명백하게 과장이었다. 상대가 무기를 가지고 있다면 그렇게 간단히 밀착할 수 없을 테고, 교내의 위기를 알아차릴 수도 없다.

그래도 누군가를 지킬 수 있는 가능성은 있었다.

나는 이 능력으로 아이카를 지킨 실적도 있으니까.

통학하는 학생들은 내 말에 딱히 감탄하진 않았다. 대다수의 학생에게 학생회장 선거 같은 건 어찌 되든 좋은 일이었다. 어쩔 수 없다.

하지만 아까보다는 내게 눈길을 보내 주고 있었다.

평범한 후보는 학교를 지킬 수 있다는 공약을 내놓을 수 없다. 눈에 띄기는 한다.

조금만 더 하면 되겠다.

이제 표창 집회 때 활약했던 것을 주장해서….

문득 아이카에게 응원 연설인이 되어 달라고 부탁했을 때가 떠올랐다.

오싹하게 한기가 들었다.

만약 아이카가 응원 연설인이 되어 줬다면 어땠을지 생각하니 핏기가 가셨다. 아이카의 안 좋은 기억을 상기시켰을지도 모른다. 아이카가 없어도 표창 집회 얘기는 하지 말자. 우연히 등교하다가 들을지도 모르고.

내가 부탁했을 때, 아이카는 쓴웃음을 지었다. 나를 필요 이상으로 걱정시키고 싶지는 않지만 기분이 좋지는 않았으니까 그런 표정이 됐을 거다.

드레인 때문에 그렇게나 괴로운 경험을 했으면서 다른 이능력을 가진 사람의 괴로움을 이해하지 못했다. 솔직히 한심하다.

그건 나의 한계이기도 하고, 아마 이능력자의 한계이기도 할 것이다.

각자의 이능력이 모두 다르다. 아주 주의 깊게 봐야 상대에 관해 알 수 있다. 같은 이능력자라고 해서 뭐든 다 아는 건 아니다.

하지만… 필요 이상으로 침울해하지는 않겠다. 핑계를 대며 아무것도 안 하는 녀석으로 다시 돌아가지는 않겠다.

그걸 알게 된 것만으로도 나는 모르는 녀석보다 훨씬 강하다.

"저는 이능력 때문에 고통받았습니다. 누구에게도 다가갈 수 없어서 오랫동안 친구도 사귀지 못했습니다. 그렇기에 자신의 이능력 때문에 고통받고 있는 사람을 보듬을 수 있습니다."

말은 자연스럽게 나왔다.

"지금 저는 인간관계 연구회라는 동호회에 소속되어 있습니다. 한마디로 표현하면 고민을 들어 주는 동호회입니다. 고등학생이 고민 상담 같은 걸 할 수 있냐고 생각할지도 모르지만, 1학년의 고민을 해결한 실적이 있습니다."

그게 내가 가진 무기였다. 무기는 전부 써 주겠다.

"선배, 하면 잘하잖아요…."

아사쿠마가 좋게 평가했지만, 후배가 할 말은 아닌 것 같다….

"응, 응. 제법 건투하고 있네. 잘하고 있어."

내 바로 앞에 묘조 학생회장의 얼굴이 있었다.

아마 거리는 15cm밖에 안 될 거다….

"으악! 매번 등장하는 방식이 극단적이에요!"

나는 바로 몸을 젖혔다. 여자의 얼굴이 이렇게 가까이 있는 건 심장에 안 좋다.

"이런 이능력이니까 어쩔 수 없잖아."

아마 처음부터 줄곧 우리를 보고 있었을 것이다. 최강의 닌자를 위해 만들어진 것 같은 이능력이다. 그리고 어쩔 수 없는 일은 아니지. 의도적으로 하고 있으니까.

"너무 의욕이 없다 싶으면 이대로 아무것도 안 가르쳐 주려고 했는데, 도움을 받으면서도 성실하게 선거 활동을 하고 있는 것 같고, 합격으로 쳐 줄게."

회장은 즐겁게 고개를 끄덕였다. 이 사람, 즐거운지 아닌지를 행동 규범으로 삼아 살고 있단 말이지.

"드레인을 제어할 수 있다면 저는 뭐든 할 거예요. 특훈, 진짜로 잘 부탁드립니다."

"응응, 그리고 결과를 내면 가슴 주무르게 해 줄게~"

마이크가 없어서 다행이다. 있었다면 사레들린 소리가 울려 퍼졌을 거다.

"전혀 의식 안 하고 있었는데! 이상한 얘기를 다시 꺼내지 마!"

심지어 내 쪽에서는 아무 말도 안 했다. 전부 선배가 한 말인데 아사쿠마가 들었다면 내가 추잡하다는 인상을 줬을지도 모른다. 웃어넘길 수 없는 일이다.

"괜찮아, 괜찮아~ 지금 나를 인식하고 있는 사람은 너뿐이니까."

　그러고 보니 아사쿠마는 회장을 전혀 의식하지 못했는지 내이름을 연호하는 선거 활동을 이어가고 있었다. 최악의 사태는 피한 모양이다.

　"평범하게 생각해서 에리아스가 압승하겠지만 말이죠. 저도 다이후쿠도 들러리밖에 못 될 거예요. 노력해서 어떻게 될 범위를 넘어섰어요."

　이상과 현실을 혼동할 생각은 없다.

　이 선거로 다이후쿠가 학생회장이 되고 시오노미야와 사귀게 된다면 극적이긴 하겠지만, 대부분의 학생은 전 부회장이 회장이 되는 것을 타당하다고 생각할 터다.

　다이후쿠도 진지하게 선거 활동은 하겠지만, 이대로는 에리아스를 이길 수 없음을 알고 있을 것이다. 현 상황을 인식하는 것과 진지하게 임하는 것은 양립한다.

　애초에 여유롭게 에리아스를 이길 수 있는 선거였다면 시오노미야에게 남자다운 모습을 보여 주는 일이 될 수 없다. 지금부터 30분간 산책에 성공하면 나랑 사귀어 달라는 건 말이 안 된다.

　"아니, 마지막까지 무슨 일이 있을지 알 수 없어. 그게 스포츠잖아."

　"회장, 학생회 선거는 확실하게 스포츠가 아니에요."

"그런가. 그럼 무슨 일이 있을지 이미 정해져 있나."

되는대로 말하네….

"회장이 작년에 어떻게 당선됐는지 의문스러워요…."

"그야 인식 수준을 최대치로 올리면 투표하고 싶어지게 만들 수 있으니까. 인간은 이름을 아는 것을 자연스럽게 호의적으로 받아들여. 그래서 정치가의 선거 활동도 이름을 연호하는 거야."

이건 거의 부정행위 아닌가 싶지만, 이능력을 사용했을 뿐이니까 세이프겠지. 이 학교에서는 그것도 개성과 실력의 범주에 들어갈 거다.

…뭐, 본인이 자백하지 않으면 증거도 없고.

"그럼 선거 활동에 방해되지 않는 날에 연락해 줘. 방과 후에 이능력 제어 훈련을 봐줄 테니까."

"아, 감사합니다!"

내가 학생회 선거를 제대로 치르고자 함으로써 적어도 이능력에 관해서는 길이 열렸다.

학생들이 흩어지는 방과 후에 연설을 해도 영향력이 없기에 선거 활동 첫날부터 회장에게 특훈을 부탁했다. 그리고 방과 후에도 아사쿠마의 시간을 뺏는 건 너무 미안했다.

[좋아. 교문 앞 전봇대 근처에 서 있어.]

그런 허락이 LINE으로 왔기에 그 지시를 따랐다. 전봇대 근처에서 기다리게 하는 건 이상하다는 생각도 들지만, 깊은 이유가 있을지도 모른다.

…아마 없을 것 같긴 한데, 스승을 의심해선 안 된다. 가르침을 받는 쪽은 스승의 말을 전부 믿는 자세로 임하는 게 좋다.

회장이 오기 전에 인관연 멤버와 만났다.

아이카와 시오노미야가 나란히 왔다. 시오노미야 옆에 메이드장도 딱 붙어 있었다.

"어라? 둘 다 집에 가는 거야?"

"에링도 나리히라도 한동안 인관연 활동을 못 하잖아요. 저희끼리만 있어도 쓸쓸하니까요~"

아이카는 짐짓 부루퉁하게 입을 살짝 삐죽였다.

"아아… 아무래도 선거가 가까우면 이것저것 할 일이 있어서…."

엄밀히 말해서 나는 다르지만, 선거와 관련된 일이긴 하니까 거짓말은 아닐 것이다.

"저도 5층 교실에 있어도 싱숭생숭해서 일찍 돌아가기로 했어요."

시오노미야는 조금 패기가 없다는 느낌이 들었다. 하교할 때

'좋았어, 집에 가자!' 하고 기합을 넣는 녀석도 없겠지만, 표정이 딱딱했다.

아, 다이후쿠와의 일이 있으니까 마음이 평온하진 않겠구나.

그렇다면 아직 시오노미야 안에서 마음의 정리가 안 됐다는 뜻이다.

"선거는 큰 이벤트죠. 나리히라 군도, 에링도, 쿠마쿠마도, 드리드리도 힘내세요! 그때까지 아이카는 란란과 러브러브하게 귀가할게요!"

유아어처럼 반복되는 말이 많았다. 란란은 시오노미야의 본명에서 유래한 거지만.

아이카는 시오노미야의 어깨를 양손으로 잡고서 밀듯이 걸어갔다. 꽤 부러웠다.

"그럼 안녕히, 하구레 군."

시오노미야가 아가씨처럼 작게 손을 흔들었다. 바로 옆에 메이드장이 있어서 그림은 역시 이상해졌다.

"지금의 나리히라 군이라면 뭐든 잘될 거예요."

아이카는 또 나를 전적으로 긍정해 줬다. 아이카의 귀여움의 원천은 누구에게나 부어 주는 거의 무한한 상냥함인 것 같다.

"그건 근거가 부족하지 않아?"

"아뇨, 지금의 나리히라 군은 아이카와 처음 만났을 때보다 훨씬 강해졌어요."

그대로 아이카는 시오노미야와 함께 돌아갔다.

"어쩌면 가는 길에 다이후쿠 군과 사귈지 말지 상담할지도 몰라. 청춘 러브 코미디의 냄새가 나~"

"아아, 그럴 수도 있겠네요. 시오노미야도 아이카한테라면 고민을 털어놓기 쉬울 테고. 오히려 저나 타카와시는 연애에 관해 제대로 된 견해를 내놓지 못하니까…."

상대방에게 다가갈 수 없는 녀석과 시선을 맞출 수 없는 녀석의 연애 지도라니 개그잖아. 보편성이라고는 찾아볼 수 없다.

"다이후쿠 군이나 저 아이나 순수해서 큰일이야. 좀 더 닳아 빠졌다면 문제도 간단했을 텐데."

"어쩔 수 없어요. 다이후쿠도 시오노미야가 순수해서 끌렸을 테고, 어라…?"

나는 누구랑 얘기하고 있는 거지?

뒤에 회장이 서 있었다.

"멀쩡하게 등장할 순 없는 건가요!"

"미안, 많이 기다렸어? 아니, 방금 왔어."

"그거, 1인 2역이에요."

마이페이스도 정도가 있다. 이렇게 요령 좋게 고교 생활을 누리고 있는 인간과 접점이 없었기에 나로서는 대하기 어려웠다. 단순히 생소했다.

"다이후쿠의 연애 사정도 알고 있는 거군요."

그 녀석이 나불나불 떠들지는 않았겠지만, 학생회장 선거에 입후보한다고 하면 이유 정도는 물을 것이다. 이 회장이라면 꼬치꼬치 캐물을 것 같다.

"그래서 순수한 거야. 순수하면 보는 방향이 일직선이라서 알기 쉬워. 아~ 이렇게 말하면 다이후쿠 군만 특별한 것처럼 들리겠네. 에리아스도 비슷한데."

회장은 헐렁하지만, 다른 사람에 관해 말할 때만큼은 묘하게 날카로운 것 같다. 사실 이 헐렁한 태도도 전부 연기인 것 아닐까.

"자, 특훈하러 가자. 따라와."

회장은 바로 걷기 시작했다.

"회장은 자기중심적이라는 말 자주 듣지 않아요?"

"카리스마 있다고 말해 줘."

그거, 의미가 꽤 다르지 않나…?

나는 농락당하며 회장을 따라갔다.

내가 이런 캐릭터를 연출하는 일은 평생 없을 거다….

회장과 함께 온 곳은….

소위 말하는 편의점이었다.

안으로 들어가니 바로 근처에 복사를 하거나 티켓을 발행할 수 있는 기계가 있었고, 창문 쪽에 잡지 코너가 있었다. 전형적인 편의점이었다. 점원은 카운터 앞에 있는 어묵 케이스에 새로운 재료를 넣고 있었다.

"너는 여기서 특훈을 할 거야."

"뭘 하는데요? 쇠약해지지 않도록 의식하면서 잡지를 읽고 있는 손님에게 접근한다든가 그런 건 아니었으면 하네요."

생판 남에게 피해가 미치는 건 윤리적으로 안 된다.

"괜찮아, 괜찮아. 고통받는 건 너뿐이니까."

그건 무슨 뜻이지…?

드레인의 대상을 나 자신으로 설정한다는 건가? 흡수하는 대상을 자신으로 삼으면 이론상으로는 차감되는 게 없지만, 그런 일은 못 한다.

"자, 이게 과제야."

패키지가 시뻘건 컵야키소바를 받았다.

'지옥의 매운맛! 당신은 살아남을 수 있을까?'라는 캐치프레이즈가 적혀 있었다. 생사를 묻는 식품이라니 이상하잖아.

"저쪽에 취식 공간이 있으니까 저기서 먹어."

회장은 웃으며 말씀하셨다.

오랜 경력을 가진 고문관처럼 멋진 웃음이었다.

"먹어서, 뭘 어쩌는데요…?"

"이 야키소바에서 매운맛을 흡수하여 무력화하는 걸 의식해.

이 야키소바의 공격력은 확실하게 매운맛이니까."

알 수 없는 그 이론은 뭐야….

그런 일이 가능한가…? 매운맛만 뺏는다니, 그건 아예 다른 이능력인 것 같다.

예전에 노지마 군의 과자를 맛없게 만든 적은 있지만, 그건 맛을 흡수한 게 아니라 노지마 군이 이능력을 쓸 때 내가 근처에 있어서 노지마 군의 체력을 흡수하여 능력 발동이 불완전해진 탓이었을 터다. 그게 아니라면 내가 먹는 요리는 전부 맛없어진다. 그건 너무한 일이다.

"그래그래, 고민할 바에야 일단 해 보자. 나를 믿어."

선배가 이렇게 말하니 믿을 수밖에 없었다. 이능력은 천차만별인지라 제어법에 관한 참고서를 팔지도 않고, 무엇이 옳은지 알 수 있을 리가 없다.

"알겠습니다. 해 볼게요!"

5분 후(구입과 개봉에 2분, 물을 붓고 버리는 데 3분).

"어흑! 어흑! 매워! 아니, 목이 아파! 얼얼해!"

나는 새빨간 야키소바를 먹느라 악전고투 중이었다….

회장은 초콜릿을 구매해 취식 공간 옆에서 먹고 있었다. 노란 번개가 포장지 중앙에 그려져 있는 바삭한 초콜릿.

"꽤 우수하네~"

"제가 조금은 매운맛을 억제하고 있다는 건가요? 전혀 실감이 안 드는데….”

“매운맛은 미각이 아니라 통각이야. 그러니까 아프다는 표현은 적절한 거지. 우수해, 우수해.”

“지식 쪽 문제냐!”

이런 걸 먹으면 누구나 아프다고 표현할 거다. 왜냐하면 아프니까!

“자, 매운맛을 뺏는 걸 상상해. 캡사이신이라는 개념을 흡수해서 밍밍한 맛으로 만드는 감각이야.”

그런 이미지 트레이닝이 효과가 있나?

아니, 지금은 의심하지 말자. 마음으로 계속하는 거다!

“캡사이신에서 캡사를 빼 이신으로 만들어 주겠어!”

10분 후.

“하아… 다, 다 먹었다….”

나는 눈물과 콧물을 흘리며 플라스틱 용기를 비웠다. 긴 대결이었다. 실제로 경과한 시간의 세 배 정도는 길게 느꼈다….

회장은 아이스크림을 먹고 있었다.

“응, 추워지기 시작한 시기에 먹는 아이스크림은 배덕감이 있어서 좋단 말이지~”

이제 내 모습조차 안 보고 있었다.

“저기, 회장, 다 먹었는데요….”

“그래? 후반에는 전반보다 매운맛이 억제됐어?”

"혀가 마비돼서 잘 모르겠어요."

매운맛을 수치화하는 이능력자라도 없는 한, 판단할 방법이 없다.

"아~ 그렇구나~ 그럼 안 된 거네. 실패야."

아주 가볍게 말했다.

방금 말한 실패는 내 특훈의 성과가 글러 먹었다는 게 아니라 매운 야키소바를 먹는다는 내용 자체가 글렀다는 의미였다.

"저기… 회장…."

나는 납득할 수 없다는 눈으로 회장을 보았다.

음식 때문에 생긴 원한은 무섭다.

보통은 좋아하는 음식을 **뺏겼을** 때 쓰는 말이지만, 이 경우에는 지독한 걸 먹인 원한이다.

"제어법은 심오하니까~ 다음에 또 다른 소재를 생각해 올게. 할 수 있어, 할 수 있어."

"최소한 소재가 아니라 방법이라고 표현해 주세요."

나는 생각했다.

이 사람, 죄의식도 없이 나를 가지고 놀고 있다….

진정한 폭군이다….

어떤 의미에서 가장 학생회장에 걸맞은 인간이 학생회장이었던 거다.

"아, 화났어? 그럼 사과하는 의미에서 뭔가 해 줄까?"

나는 보상이 아니라 1초라도 좋으니 미안해하는 표정을 지어 줬으면 좋겠는데….

회장은 오른손으로 치마를 살짝 들었다.

"팬티라도 볼래? 그 정도는 괜찮은데."

"됐습니다!"

나는 얼굴을 돌렸다.

비상식도 정도가 있다. 색녀냐!

"걱정하지 않아도 너만 날 인식하게 해 둘 거니까, 나는 리스크가 없어."

"제가 보니까 리스크는 있잖아요!"

"역시 그런가. 너도 순수한 쪽이구나~"

그 후 회장은 마구 웃었다.

신사로서 안 보는 걸 선택하는 것은 당연하다. 한 번 보게 되면 그건 계속 기억에 남는다. 없었던 일이 될 수 없다.

그리고 회장은 반응을 재미있어하는 것일 뿐, 결국 안 보여 줄 거다. 아니, 볼 수 있다면 보고 싶다는 식의 사고는 좋지 않다….

"뭐, 너의 이능력 제어를 도와주겠다는 건 거짓말이 아니니까 용서해 줘. 나도 재미있고."

고맙다고 해야 할지 망설였지만.

"감사합니다…."

여기서 아무 말도 안 하면 속 좁은 인간으로 여겨질 것 같았기에 성의는 보였다.

선거 활동 2일째인 화요일, 나는 가두연설(교문 부근 연설이라고 하는 게 맞겠지만)을 위해 일찍 등교했다. 아사쿠마보다도 먼저 와서 준비했다. 다이후쿠도 아직 안 왔다. 타카와시는 당연히 없었다. 아예 안 올지도 모른다.

다만 에리아스는 벌써 어깨띠를 두르고서 준비하고 있었다.

역시 이 녀석의 열의가 가장 큰가….

그리고 내게 다가와 절대 안 질 거라고 말했다.

마침 잘됐다 싶어서 나도 학생회 관련으로 불만을 말하기로 했다.

"회장 때문에 지독한 일을 겪었는데…."

"그야 회장이니까."

'악어한테 다가갔다가 물렸어' '그야 악어니까' 같은 그 대꾸는 뭐야.

에리아스는 이미 체념의 경지에 든 모양이다. 에리아스도 회장을 막을 수는 없었다는 건가. 아니면 에리아스 입장에서 회장한테 의욕이 없는 쪽이 좋았다든가.

"다음으로 나리히라에게 지독한 일을 선사할 사람은 나야."

선거 기간 중에도 협박 같은 발언은 하지 마. 그건 무방비하다고.

"학생회장이 될 거야. 반드시 될 거야."

에리아스 녀석, '반드시'라는 말을 많이 쓰게 됐다.

어떻게 대답할지 고민하는 사이에 또 말이 날아왔다.

"지금 내가 될 수 있는 정의의 편의 최상급이 그거니까."

나는 그 말을 마음속으로 몇 번 반추했다.

하마평을 운운하기 이전에, 나나 다이후쿠와 비교하면 에리아스는 회장이라는 지위를 줄곧 중요하게 여기고 있었다.

다만 회장이 보기엔 그거야말로 걱정거리인 듯했다. 목표에 간단히 도달하면 탈진 증후군에 걸리진 않을까 걱정하는 게 이해는 되지만, 과한 걱정이라는 느낌도 들었다.

하지만 거기서부터 의심하면 아무것도 할 수 없으려나.

나는 그 적당주의인 회장을 믿는다는 그럭저럭 어려운 과제를 받았다.

"나도 할 수 있는 범위에서 너의 벽이 되어 주겠어."

"아니, 평범하게 내가 당선되겠지. 다이후쿠한테 투표하면 모를까, 왜 생초짜를 갑자기 학생회장으로 뽑으려 하겠어?"

"갑자기 냉정하게 분석하지 마!"

말한 내가 창피해졌다.

마침 아사쿠마가 교문 안쪽에서 보였다. 아사쿠마에게 손을 흔들고 있으니 에리아스한테서 이런 말이 날아왔다.

"나리히리가 적이 돼서 조금은 의욕도 생겼어. 너한테도 존재 가치가 있어서 다행이네."

"내 인생의 가치가 너무 낮잖아."

내가 그렇게 대꾸했을 때, 이미 에리아스는 내게 등을 돌리고서 자신의 연설 장소를 확보하러 간 뒤였다.

★

다음 날도 아사쿠마와 나는 성실하게 등교 시간에 교문과 교사 사이에 섰다.

정책으로 승부할 수 없으니 이름만이라도 기억시켜야 했다.

회장은 어차피 투표 직전 연설로 결정된다고 했고, 그야 그렇겠지만, 할 수 있는 일을 하지 않는 건 저항감이 들었다. 에리아스의 대항마가 되겠다는 의식으로 남은 며칠도 힘낼 생각이다.

너무 대충 활동하면 아사쿠마한테도 실례고, 내가 회장을 보며 기막혀했으니 똑같은 짓은 하면 안 된다.

에리아스 진영과 다이후쿠 진영도 똑같이 서 있었다.

"물 시음을 시행하고 있습니다. 음수대의 퀄리티도 이것과 똑같이 만들겠습니다!"

에리아스는 물이 든 종이컵을 쟁반에 올리고서 서 있었다.

매수의 일종이라는 생각도 들지만, 고작해야 학생회 선거니까 괜찮으려나.

타카와시는 그 뒤에 우두커니 서 있었다. 저 녀석, 진짜 아무것도 안 하네….

모처럼 준비했다고 하니 나도 에리아스 진영으로 가 봤다.

"그 물, 나도 줘. 계속 말했더니 목말라."

"적에게 줄 물은 없어."

에리아스는 종이컵이 있는 쟁반을 옆으로 휙 치웠다. 쪼잔한 녀석.

"물 정도는 줘도 되잖아. 너랑 적대하는 게 어제오늘 일도 아니고."

"하여간 넉살은 좋아."

에리아스는 마지못한 기색으로 종이컵을 건넸다.

"몇 명이 덤벼도 똑같아. 세이고에서 가장 회장이 되고 싶어 하는 사람은 나니까."

그렇게 말하는 에리아스의 표정은 반짝이고 있었다. 이토록 한결같이 학생회장이 되고자 한다면 내가 할 말은 없다.

"응, 참으로 유감스럽지만 그 점은 인정해."

나도 선거는 제대로 치를 생각이지만, 그렇다고 에리아스보다 의욕이 넘친다고 할 수는 없었다.

타카와시가 뒤에서 "어차피 나는 못 이긴다고 자신을 타일러

서 충격을 줄이는 작전이구나."라고 쓸데없는 소리를 했지만
무시했다.

"그리고 다이후쿠에게도 안 질 거야."

에리아스의 시선이 교문 앞에 있는 다이후쿠에게 향했다.

오늘 다이후쿠는 까마귀 열여섯 마리를 4×4로 세워 뒀다.
철저히 까마귀를 이용할 생각인 듯했다.

핫타라는 응원 연설인도 "까마귀에게도 사랑받는 다이후쿠
보쿠젠을 잘 부탁드립니다."라고 말하고 있었다.

다이후쿠는 교문 앞에 자리 잡고 있었다. 그렇게 함으로써
출근하는 회사원과 타교 학생까지 까마귀를 보고 발을 멈추도
록 했다.

이쯤 되면 자그마한 거리 공연이었다.

스마트폰을 꺼내서 촬영하는 통행인도 있었다.

그런 가운데, 다이후쿠는 온화한 얼굴로 오른손을 내밀었다.

어디선가 까마귀가 날아와 그 손에 앉았다.

박수까지 나왔다. 아마 구경꾼들은 이게 학생회 선거를 위한
일이라는 것도 모르지 않을까.

"다이후쿠, 생각보다 건투할 것 같네."

저렇게나 사람이 모여 있으면 세이고 학생도 주목할 수밖에
없을 터다.

"다이후쿠라는 남자는 상당한 책사야. 무모한 일도, 이익이

없는 일도 안 해."

에리아스의 눈이 냉담하게 바뀌었다.

"다이후쿠는 나리히라처럼 기세만으로 해치우지 않아. 빈틈이 없다고 할까, 방심할 수 없는 녀석이야. 어차피 이번에 출마한 것도 보상이 있기 때문이겠지."

시오노미야와의 일이 있으니까 그 지적은 정당했다. 내가 할수 있는 말은 없지만.

그리고 회장은 다이후쿠가 이기기 위해 나선 게 아니라고 했지만, 출마한 이상, 대결하게 된 것은 틀림없다. 저 녀석이 이길 생각까지는 없다고 말하는 건 이상하겠지.

"페트병 뚜껑에 맞았던 원한을 풀어 주마."

이렇게 말할 수 있는 것만으로도 학생회장 선거에 입후보한 가치가 있었다.

"그럼 앞으로도 거리낌 없이 뚜껑을 날리기로 할게."

"괜한 말을 해 버렸어!"

공격할 대의명분을 주고 말았다. 완전히 실언이다.

"THE 포말 후보. 거품이 되어 사라진다면 인어공주지. 그렇게 멋진 게 아닌데. 그레 군의 포지션이면 카구야 공주에 나오는, 공주가 들어 있는 대나무 정도야."

타카와시를 무시했더니 또 독설이 날아왔다.

"적어도 인간 중에서 골라!"

"슬슬 돌아가. 그레 군은 어찌 되든 좋지만, 아사쿠마가 불쌍해."

"……맞는 말이야."

선거에 나가는 본인이 응원 연설인에게 전부 맡기는 건 좋지 않다. 이야기가 길어졌다.

"아사쿠마가 혼자 투표를 호소하는 편이 득표율은 더 늘겠지만."

"쓸데없는 소리 하지 마! 이만 간다!"

원래 있던 곳으로 돌아가자 아사쿠마가 이런 말을 했다.

"선배에게도 뭔가 알기 쉽게 어필할 수 있는 강점 같은 거 없을까요? 이능력으로 인한 괴로움에 공감할 수 있다는 것도 좋았지만, 까마귀의 임팩트는 이길 수 없어요."

자기 일처럼 여겨 주고 있다는 건 이해한다. 하지만 그 말은 즉, 너는 봐 줄 만한 게 없어서 힘들다는 거다.

"미안하지만 그런 화려한 부분은 없어…. 내 진영에서 화려한 거라고는 아사쿠마뿐이야."

아사쿠마는 고개를 살짝 기울였다.

"으음…. 하구레 선배가 자신은 멋있다고 자신만만하면 그건 그것대로 좋지 않겠지만… 볼 게 없다고 인정해 버리는 것도 안 좋은 것 같아요…."

"그럼 나의 볼 만한 점은 뭘까?"

"…선배를 멋있다고 생각하는 사람도 분명 있을 거예요!"

아사쿠마는 양손을 주먹 쥐고서 말했다.

"긍정적인 사고 같지만, 답을 회피한 거잖아!"

분하지만 이게 내 현실이었다. 그 현실 속에서 어떻게든 발버둥 치자. 볼 만한 구석이 있었다면 내 인생은 진즉에 호전됐을 것이다.

보여 줄 것이 없으니 투박하게, 촌스럽게, 목소리를 낼 수밖에 없다.

나는 내 이름을 연신 외치며 투표를 호소했다.

뭔가 멘탈만큼은 단련되고 있었다.

묘조 학생회장으로부터 연락 자체는 자주 왔다.

오히려 스마트폰에 알림이 온 경우, 80%는 회장의 연락이었다. 실제로도 거리낌이 없어 보이는 타입인데, LINE상에서도 그런 듯했다.

예를 들면 이런 느낌이었다.

[오늘은 잡초를 특정 범위만 시들게 하는 특훈을 하겠습니다. 학교 끝나고 늘 보던 곳에서 만나자.]

늘 보던 곳이라니, 전봇대에서 만난 건 이번 주가 처음이라고.

다만, 방과 후 '늘 보던 곳'에서 만나는 것은 월, 화, 수, 목, 나흘간 계속되었다.

가장 중요한 특훈 내용은 목요일에 이르러도 패션 잡지의 모델 얼굴만 색이 바래게 하는 등 굉장히 애매했지만… 안 하는 것보다는 낫다고 여기고 싶다.

　그래서 선거 전 마지막 등교일인 금요일에도 나는 전봇대 근처에 서 있었다.

　그러고 있으니 또 아이카와 시오노미야가 왔다. 집에 가는 길에 우연히 만난 게 아니라 두 사람도 근처에서 기다린 듯했다.

　"선거 활동, 힘들어 보이네요~"

　아이카가 웃으며 말을 걸어왔다. 한편 시오노미야는 양손을 배 위에 포갠 조심스러운 자세였다.

　"응, 그렇지. 해 보니까 꽤 번거로워…. 에리아스도 다이후쿠도 대단해."

　"저기, 나리히라 군, 이번 주말은 어렵겠지만, 다음 주말은 시간 있나요?"

　심장에 전기가 통한 듯한 느낌이 들었다.

　뭐지. 데이트 신청 같은 건가?!

　"학생회 선거가 시작되고 인관연 멤버끼리 모이지 못해서 쓸쓸하잖아요. 선거가 끝나면 에링이랑 쿠마쿠마도 모일 수 있을 테니까요!"

　아, 그런 거구나. 또 자의식 과잉으로 지레짐작해 버렸다!

"나는 문제없어. 따로 날 불러 줄 그룹도 없고."

대답이 좀 비굴해지고 말았다. 내 몸에 비굴함이 뿌리내려 있어서 조심하지 않으면 겉으로 드러난단 말이지….

"와아~! 그럼 나리히라 군은 확정이네요!"

아이카는 스마트폰을 꺼내서 캘린더 앱에 일정을 입력하기 시작했다.

수학여행 가기 전과 전혀 다르지 않은 아이카가 있었다.

그야 그렇겠지만, 그렇다면 키후네 신사에서 아이카가 하려고 했던 말은 뭐였을까?

그때 아이카는 이전의 아이카와도 이후의 아이카와도 다른 표정을 짓고 있었다. 일순 다른 사람이라는 생각이 들었을 만큼.

이럴 때 회장이라면 망설이지 않고 물어보려나. 좀 더 무신경했다면 상황은 호전됐을까. 그만하자. 또 발전성 없는 생각을 하고 있다.

아이카의 시선이 스마트폰에 가 있었기에 자연스럽게 시오노미야와 눈이 마주쳤다.

"저기, 하구레 군, 여쭤보고 싶은 게 있는데요."

여전히 시오노미야는 예의 발랐다. 타인을 존중하지 않는 일이 절대 없었다.

왠지 메이드장도 평소보다 뒤에 있는 것 같았다. 시오노미야에게 맡기려는 걸까.

"물론 물어봐도 돼. 내가 대답할 수 있는 거라면."

"그런가요."

내가 그렇게 대답하자 어째선지 시오노미야는 조금 곤란한 표정이 되었다.

마치 내가 거절하는 게 나았을 거라는 느낌이었다.

"다이후쿠 군은, 선거 중에 어떤가요?"

시오노미야는 타카와시처럼 시선을 피하며 물었다.

그 말을 통해 시오노미야가 곤란한 표정을 지은 이유도 전부 알 수 있었다.

"어떠냐고? 으음… 일단 대립 중인 진영이라서 자세히는 모르지만, 내가 보기에 기합은 들어가 있는 것 같아."

여기서 부정적인 말을 하면 인간으로서 최악이다.

그렇다고 다이후쿠는 아주 좋은 녀석이라고 마구 칭찬하는 것도 답이 아닌 것 같았다. 그러면 같은 편인 척하는 지능형 안티 같다.

시오노미야가 다이후쿠의 결심을 어디까지 알고 있는지 모르고, 최대한 객관적인 의견을 말하자.

"뭐랄까, 상당히 의욕적이야. 진짜로 에리아스에게서 학생회장 자리를 뺏겠다는 기개가 느껴져."

선거를 통한 감상만을 전하려고 의식했다.

"그렇군요."

시오노미야는 아까보다도 더 고개를 숙여 버렸다.

하지만 괴로워하는 것과는 달랐다. 그야말로 난처하다는 표현이 딱 맞았다.

"그게… 이렇게 말하는 게 이상하다는 건 알지만, 다이후쿠 군이 노력하는 모습을 보고 어떤 마음을 느껴야 할지 저도 모르겠어요. 응원할 권리가 있는지도 모르겠다고 할까…."

시오노미야도 다이후쿠가 저를 위해 멋진 모습을 보이려 한다는 것을, 직접 듣지 않아도 어렴풋이 알 것이다.

"만약 절 위해 열심히 노력한 결과라면 그건 아주 기뻐요. 무척 영광이에요. 다만… 그렇기에 불안해요."

한 손으로는 부족하다는 것처럼 시오노미야는 양손으로 뺨을 가렸다.

"누군가가 제게 이토록 진지한 마음을 부딪친 적은 처음이라서…. 그 마음과 어떻게 마주하면 좋을지. 그 마음에 제대로 보답할 수 있을지, 자신이 없어요."

나는 회장이 말했던 순수하다는 표현을 떠올렸다.

다이후쿠도 시오노미야도 상대방을 무척 생각해 주고 있었다. 내가 보기에 타산 같은 건 없어 보였다.

하지만 그렇기에 시오노미야는 불안해하고 있었다.

생각해 보면 누군가에게 그런 강렬한 사랑 고백을 받는 일은 거의 없다.

말할 것도 없이 나도 없다.

특히 남자는 엄청난 미남 정도 되어야 그런 경험을 할 것이다. 전체 남자의 10%도 안 될 거다. 남녀평등이 되어도 역시 고백은 남자가 하는 거라는 가치관이 남아 있고.

아니… 남자가 어떤지는 어찌 되든 좋다. 아무튼 여자도 이렇게까지 열렬하게 정공법으로 애정을 받는 일은 없을 터다.

차이길 각오하고 느닷없이 불러내서 좋아한다고 말하는 것과도 달랐다. 그건 나쁘게 말하면, 일단 저질러 보고 사귀게 되면 러키라는 마음이 훤히 보이는 일이다.

제대로 거리를 조금씩 좁힌 후 마음을 전하는 것.

상대를 아주 좋아해야만 할 수 있는 힘들고 귀찮은 일을 다이후쿠는 했다.

그 열량을 시오노미야가 모를 리 없고, 열량이 강하기에 시오노미야는 어쩌면 좋을지 알 수 없어졌다. 누군가와 사귄 경험이 없다면 승낙하는 것도 무섭고 저항감이 들 것이다.

아이카가 조언해 주지 않을까 싶었지만, 아이카는 고개는 들고 있었으나 말없이 내 얼굴을 보고 있었다.

나한테 한 질문이니까 아이카한테 넘기는 건 비겁한 짓이다.

나보다 연애에 익숙하다는 것도 변명이 되지 않는다. 시오노미야는 내가 연애를 잘 알 것 같아서 물어본 게 아니다. 친구로서 내게 묻고 있었다.

"어떤 답이든, 시오노미야의 생각을 다이후쿠에게 솔직히 말하는 게 좋아. 그런다고 다이후쿠가 너를 원망하거나 싫어할 가능성은 없으니까. 그 녀석은 그런 하찮은 녀석이 아니야. 그건 친구로서 보증해."

생각보다도 말은 술술 나왔다.

"그 녀석이 진지하다는 건 알 수 있어. 그렇다면 시오노미야도 진지하게 대답하는 게 가장 좋을 것 같아."

내가 그렇게 거듭 말하자 시오노미야는 숙이고 있던 고개를 들었다.

표정은 아까보다도 밝아져 있었다.

"감사해요, 하구레 군."

시오노미야는 무척 정중하게 머리를 숙였다.

아이카는 소리가 나지 않도록 양손을 맞댔다.

"나리히라 군, 멋진 말이에요. 아이카, 조금 감동해 버렸어요!"

"그 정도는 아니잖아. 이게 내가 해 줄 수 있는 최대한의 말일 뿐이야."

아이카는 시오노미야의 손을 잡았다.

"그럼 저희는 먼저 갈게요♪"

시오노미야가 결론을 냈는지는 모르겠지만, 내 역할은 다했다고 생각한다.

그리고 몇 분 후에 회장이 아주 평범하게 나타났다. 아주 평범하게 나타났다는 것은 갑자기 뒤에 나타나거나 눈앞에 있지 않았다는 말이다.

"오늘도 특훈을 할 거야~ 오늘은 벽에 있는 낙서를 드레인으로 지워 보기로 할까."

"저기, 회장, 아까 얘기하는 거 봤어요?"

"노코멘트하겠습니다~"

바로 가볍게 발언하니 어느 쪽인지 판단할 수 없어서 성가셨다.

회장은 나를 선로 옆길로 데려갔다.

도로와 교차하는 굴다리 아래까지 와서 발을 멈췄다.

벽에는 스프레이로 낙서가 되어 있었다.

이런 걸 멋있게 표현하는 영어 표현이 있었던 것 같지만 생각이 안 나고, 그런 예술성도 느껴지지 않는 수준이니 역시 낙서였다.

"낙서를 지운다는 게 정말이었군요."

"나도 거짓말할 필요가 없을 때는 사실을 말하니까."

그거, 단순히 거짓말하는 게 좋을 때는 거짓말한다는 의미만을 나타내지 않나요….

하긴, 거짓말하지 않고 사는 인간은 거의 존재하지 않으니까 상관없나.

예를 들어 촌스럽다고 생각한 상대에게 촌스럽다고 말하는 건 거짓말이 아니지만, 옳은 일도 아닐 것이다.

그럼 아무 말도 안 하면 되지 않냐는 반론도 있을 것 같다. 하지만 그 반론에는 중대한 결함이 있다. 상대가 '멋있지?'라고 물으면 역시 빠져나갈 길이 없다.

이야기할 상대가 세상 어디에도 없다면 거짓말할 걱정도 없겠지만, 그렇지 않다면 거짓말할 위험성은 존재한다.

왜 이런 살짝 시적인 생각을 하고 있느냐면, 낙서가 전혀 사라지지 않아서 잡념이 샘솟는 탓이었다.

이런 낙서는 혓바닥 그림이 많은데, 뭔가 이유가 있는 건가? 사회 풍자? 하지만 그렇게 사회에 관심 있는 녀석이 그린 것 같지도 않다….

통행인이 가끔 내 뒤에 있는 보도를 지나갔는데, 낙서 앞에서 가만히 있는 이상한 녀석이라고 인식했을 것이다.

살짝 빠른 걸음으로 지나가는 것처럼 느껴지는 건 기분 탓이 아닐 터다. 내가 통행인이었어도 조금 무서웠을 것 같다.

"음~ 정신이 산만해져 있지? 그럼 안 돼. 실패하면 동생이 죽는다는 마음으로 집중해야지."

"동생이 없어서 모르겠어요."

없어서 다행이다. 매일 집에서 오빠가 아싸라 기분 나쁘다는 말을 듣는다면 도망칠 곳이 없다.

"아쉽네. 그럼 여동생이 목욕하는 것도 못 훔쳐보잖아."

세상의 모든 오빠가 동생이 목욕하는 걸 훔쳐보지는 않을 터다. 그럴 거다.

"동생이 아니어도 좋으니까 집중해~ 이런 건 따지자면 근성론으로 수렴되는 일이거든. 위기 상황에 발휘하는 초인적인 힘으로 어떻게든 돼."

"동의하지 못할 이론은 아니지만, 그럼 특훈의 의미도 없잖아요…."

기합으로 된다고 할 거면 혼자서 훈련하겠습니다….

"집중하는 너를 보는 게 재미있는걸. 뭐, 잠깐 쉴까. 자, 받아."

회장은 내게 탄산주스캔을 내밀었다.

언제 샀지? 편의점은 바로 근처에 있으니, 이탈해도 인식하지 못하도록 하고서 사 온 건가.

이 이능력, 진짜 흉악하다….

"돈 드릴게요."

"선배가 사 주는 거야. 그리고 관람료."

주스 한 캔이니까 얻어먹어도 괜찮으려나. 나도 순순히 받았다. 평범한 동아리(인관연은 평범하지 않다. 그 증거로 어느 학교에나 있는 동아리가 아니다)에 가입한 경험이 없는지라 이렇게 선배에게 얻어먹는 건 신선했다. 나쁘지는 않았다.

이 탄산음료, 마구 흔든 다음에 준 건 아닐까 하는 의심이 살짝 들었는데 아니었다. 잘 아는 포도맛이 목구멍을 넘어갔다.

"회장, 초S죠?"

나는 벽에 기대고 있는 회장에게 말했다. 굴다리 아래인데 자기 집처럼 편하게 있었다.

"학생회에서도 그런 식이라면 에리아스와 다이후쿠가 좀 불쌍해요."

얻어먹은 처지에 말이 좀 세게 나갔을지도 모르겠다고, 말하고 나서 후회했다.

하지만 에리아스와 다이후쿠가 휘둘리고 있다면 그 부분은 불평해도 될 거다. 특히나 다이후쿠는 친구고.

회장은 주스가 아니라 아이스바를 먹고 있었는데, 그걸 꿀꺽 삼키고서 이렇게 말했다.

"응. 그야 나는 학생회장이니까. 최고 권력자니까."

듣고 보니 그건 그랬다. 이 사람보다 대단한 사람은 학생회에 없다.

"부하를 챙겨 주세요. 의외로 순진한 녀석도 많으니까요. 지금부터 챙긴다고 해도 남은 임기는 없는 것과 같지만…."

나는 요청하는 게 한계였다.

그래서 에리아스와 다이후쿠가 조금이라도 행복해진다면 그걸로 좋다.

회장은 또 한 입 아이스바를 베어 먹었다. 핥아 먹지 않고 베어 먹는 타입인 듯했다.

"결국 나는 인간을 좋아한단 말이지~"

말투만큼은 감개무량했다.

"또 되는대로 말해서 무마하려는 거죠?"

"날 뭘로 보는 거야~ 정말로 진짜야. 아아, 정확히는 인간 관찰을 좋아하는 건가. 이런 이능력이니까."

회장은 아이스바를 들고 있지 않은 손으로 자신의 관자놀이를 가리켰다.

총이라도 대고 있는 것 같았다.

일순 회장의 눈이 외로워 보였다.

기분 탓인가? 회장은 줄곧 웃고 있었다. 표정에 변화는 없을 터다.

"모두가 필사적으로 사는 걸 얼마든지 견학할 수 있잖아. 개중에는 벼랑을 향해 전력 질주하는 사람도 있단 말이지. 본인은 그곳에 길이 있다고 믿거든. 그런 어리석음이 사랑스러워."

그때, 전철이 굴다리 위를 지나갔다. 한동안 대화가 끊겼다.

회장이 이능력을 쓴 걸까? 아까와는 분위기가 달랐다.

뭔가를 얼버무리는 기색은 없었다.

"초S인 건 용서해 줘. 계속 인간 관찰만 한지라 직접 무모한 짓은 못 해. 게다가 스트레스도 쌓이니까 공격적으로 굴게 돼."

표정은 다르지만, 내가 몇 번이나 보았던 이능력자의 비애가 배어나는 것 같았다.

"참고로 나는 3학년 중에서 성적 10위 안에 들어. 추천 입학이 아니어도 웬만한 대학에는 들어갈 수 있어."

"네? 날라리처럼 보이지만 공부 잘하는 타입인가요! 그거 되게 부러운 속성인데요!"

"그치~? 학원 같은 건 전혀 안 다니지만 이 실력이랍니다~ 뭐, 수업은 꽤 빼먹었으니까 선생님은 다루기 어려웠겠지만."

이번에는 라이트한 불량 학생 어필인가. 종잡을 수 없는 사람이면서 이것저것 정보를 주니까 질이 나쁘다.

"그런데 이 이능력으로 커닝하는 거 아니냐는 말을 듣는단 말이지~ 뭐, 말하는 쪽도 농담조로 말하긴 하지만 너무한 일이야~ 이능력이 생기기 전부터 성적은 좋았는데."

회장은 작위적으로 기막히다는 표정을 짓고서 손가락에 머리카락을 감으며 말했다.

이상한 표현일지도 모르지만, 눈앞에 있는 선배가 1년 먼저 태어났을 뿐이라는 생각이 안 들었다. 마치 수백 년간 여러 가지를 본 존재처럼 느껴졌다.

"저기… 회장은 이능력 때문에 사람들과 한 발짝 떨어져 있는 건가요?"

회장의 '최량 자기 재량 일인극'은 무서운 이능력이지만, 그게 당연한 생활이 되면 여러 가지가 시시해지지 않을까.

답을 아는 미로를 풀어야 하는 기분이 들 것 같다고 할까.

"있잖아, 하구레 군, 초S라고 생각하는 상대에게 초S 같은 짓을 그만두라는 말은 죽어도 하면 안 돼."

회장은 물음에 답하지 않았다. 그저 슬픈 눈으로 나를 보았다.

하지만 곧장 입가에 웃음이 깃들면서 슬픈 요소는 사라졌다. 그 대신….

어째선지 회장의 표정이 몹시 사악해 보였다.

또 분위기가 일변했다.

마치 인간으로 둔갑한 여우가 정체를 드러낸 것 같았다.

"그런 건 하라는 말이나 마찬가지잖아. 말하지 않았어도 했겠지만."

"회장, 뭘 꾸미고 있는 거죠…?"

아무래도 분위기가 불온했다. 악몽이라는 걸 알면서 악몽을 꾸고 있을 때 같은 기분이었다.

"에리아스를 위해 힘내. 이능력 제어 훈련은 앞으로도 도와줄게. 네가 내 도움을 받고 싶어 할지는 모르겠지만."

정신 차리고 보니 묘조 학생회장은 사라진 상태였다.

내가 인식하지 못하도록 했을 것이다. 말하는 도중에도 이탈할 수 있다니, 뭐든 되는구나. 이능력 배틀물의 적으로 나온다면 사기급이다. 인식하지 못한 사이에 칼침을 맞으면 확실하게 죽는다.

"좀 으스스하지만… 돌아갈까."

나는 벽에 있는 낙서를 보며 중얼거렸다.

회장을 쫓아가는 건 이능력적으로 불가능하다. 귀가할 수밖에 없다.

마시다 만 주스가 걸리적거리지만, 어디 자판기 옆에 쓰레기통이 있을 것이다.

자전거를 세워 둔 곳까지 선로를 따라 걷고 있으니 스마트폰이 진동했다.

전화였다. 발신자는 아사쿠마였다.

아사쿠마는 여자 농구부 부원으로서 연습 중일 터였다. 투표일인 월요일에 힘내자는 격려거나 연설 전에 한 번 더 회의하자는 내용일 것이다.

[선배, 큰일 났어요!]

적어도 내 예상은 그 시점에 빗나갔다.

"아사쿠마, 무슨 일이야?"

[게시판 옆을 지나면서 보니까 다이후쿠 선배의 응원 연설인이 변경됐어요….]

아아, 참가하는 사람의 이름은 게시판에 붙어 있지.

핫타라는 잘생긴 녀석은 안 나오는 건가. 다이후쿠 진영에서 내분이라도 일어났나? 아니지, 학생회 선거에서 그런 일은 없으려나.

"응, 규칙상 응원 연설인은 바꿔도 문제없어. 애초에 여러 사람이 선거에 협력하는 경우도 있고, 당일에 누가 연설하는지의 차이일 뿐이니까."

단순히 아사쿠마가 규칙을 파악하지 못한 것일 수도 있기에 일단 그걸 설명했다.

[네, 그건 알고 있어요. 하지만 변경된 사람이 아주 거물이라서… 선거에도 영향을 끼칠 거예요….]

그렇게 고정팬이 많은 학생이 있던가?

미스 세이고인 시오노미야가 응원 연설인이 됐나? 그렇다면 나로서는 축복하고 싶다. 다이후쿠, 잘됐네. 둘이서 철저히 행복한 리얼충이 되어 다치지 않을 정도로 폭발해라.

[저 지금 게시판 앞에 있는데, 확실히 이렇게 적혀 있어요. 묘조 마호.]

들은 적 있는 이름이었다.

뇌가 바로 이해해 주지 않았다.

"엥…? 학생회장이…?"

[그렇다니까요! 학생회장이 다이후쿠 선배를 지지하는 것 같

아요!]

전임 학생회장이 지지한다면 그 후보는 대폭으로 유리하다.

회장의 됨됨이를 옆에서 봤다면 마이너스로 작용할지도 모르지만, 그게 아니라면 회장이 응원하니까 그 후보를 뽑자고 생각하는 녀석도 많이 나올 것이다.

[하구레 선배, 정말로 당선이 어려워졌어요!]

나는 어차피 에리아스보다 많은 표를 얻을 방법이 없으니까 별로 달라지지 않겠지만….

선거에는 격진이 인다.

에리아스가 순조롭게 당선될 선거였지만….

다이후쿠에게 역전될 공산이 생겼다….

"그 사람, 진짜로 초S였어…."

[초S? 무슨 얘기죠?]

통화 중이라는 걸 깜빡했다.

"미안, 방금 그건 기억에서 삭제해 줘!"

그 사람, 에리아스를 위해 나한테 출마하라고 했으면서…!

나까지 배신하고 다이후쿠를 대항마로 삼았다!

5 여러 사람 앞에서 말하는 편이 특정한 한 사람과 얘기하는 것보다 편하단 말이지

나는 집으로 가다가 자전거 페달을 밟아 학교로 돌아갔다.

아사쿠마를 의심하는 건 전혀 아니지만, 역시 내 눈으로 확인하고 싶었다. 찜찜함을 남긴 채 주말을 보내는 건 생각만 해도 싫었다.

학생회 선거 공지가 붙어 있는 게시판 앞으로 갔다.

다이후쿠의 응원 연설인란을 보았다.

핫타 쇼마라는 글자를 이중선으로 지우고 유성펜으로 묘조 마호라고 기입되어 있었다.

"타카와시의 빈정거림보다도 질이 나빠…."

온몸에서 힘이 빠졌다.

공지를 매일 체크하는 학생은 없을 것이다. 아무도 신경 쓰지 않는다. 아사쿠마만이 유일한 예외일지도 모른다.

하지만 선거 당일인 월요일이 되면 다들 알아차린다. 응원 연설인으로 회장이 전교생 앞에 나타날 테니까.

심지어 이건 에리아스에게 무조건 불리하게 작용한다. 현 학생회장이 부회장보다도 서기를 차기 학생회장으로 지지한다고 표명한 것과 같다. 에리아스의 역량이나 인격에 문제가 있어서 그렇다고 억측하는 녀석도 있을지 모른다.

에리아스에게 연락할까.

하지만 내가 가르쳐 주면 에리아스는 못마땅한 기분이 들 것이다.

나는 어디까지나 정적이다. 똑같이 학생회장이 되고자 입후보한 입장이다.

그런 녀석이 정보를 제공하는 건 승부를 포기했다고 선언하는 것과 같다.

축구 시합 중에 상대 팀이 갑자기 자책골을 연발하면 이겨도 전혀 기쁘지 않을 것이다. 웃기지 말라고 생각할 것이다.

학생회장이 되는 것이 에리아스의 강한 목표라는 건 나도 안다. 그렇다면 그 싸움도 철저히 공정해야 한다. 그렇게 에리아스가 생각하는 게 보통이다.

내가 아무리 진지하게 설명한들 결과는 같다. 내가 승부를 포기하고 에리아스를 응원한다는 요소는 변함없다.

응원 연설인이 바뀌었다는 건 다이후쿠는 확실하게 이 사실을 알고 있고 승낙했다는 건가.

하지만 다이후쿠를 비난할 일도 아니다. 다이후쿠는 규칙을 어기지 않았다. 학생회장이 되기 위한 선거니까, 그걸 위해 온 힘을 다하는 것을 비난할 권리는 내게 없다.

게시판을 가볍게 때렸다.

진심으로 때리면 다치고, 게시판이 파손돼도 안 되니까.

한심하지만, 그게 내가 할 수 있는 최소한의 감정 표현이었다.

언어화할 수 없는 답답함이 머릿속을 휘저었다.

나도 잘 모르겠다. 짜증 비슷한 감정은 들었다. 하지만 짜증낼 정당한 이유가 없기에 그것은 확실한 형태를 이루지 못했다.

비겁하다는 느낌은 들지만, 아무도 비겁한 짓은 하지 않았다.

어떻게 해서든 선거에 이기고자 한다면 이런 일도 있을 수 있을 것이다.

자전거로 학교까지 온 탓인지 이제야 땀이 바닥에 떨어지기 시작했다.

가만히 있어 봤자 별수 없기에 음수대가 있는 곳까지 걸어갔다.

음수대의 물은 살짝 약품 같은 맛이 났다.

에리아스는 이걸 바꾸겠다고 한 건가.

여름이었다면 이 차가운 물을 머리에 끼얹어도 좋았겠지만 지금 그러면 감기 걸리겠지.

하늘을 올려다보았다.

안일했다.

내 머릿속에는 멋대로 그린 청사진이 있었다.

에리아스도 다이후쿠도 꼼수 없이 학생회장 선거를 치르고 에리아스가 순조롭게 당선된다. 다이후쿠는 다이후쿠대로 해 냈다는 성취감을 품고서 시오노미야와 마주한다. 이번에는 부회장 입후보자가 없으니까 다이후쿠는 부회장이 되어 에리아스를 보좌한다.

아무도 상처받지 않는 아름다운 시나리오다.

"그런 건 내 사정일 뿐이잖아….."

이번에는 음수대를 가볍게 발로 찼다. 역시 힘껏 화풀이하는 것은 성격상 불가능했다.

다이후쿠는 학생회장이 되겠다고 했다.

그건 이뤄지지 않을 꿈을 말한 게 아니다. 무슨 수를 써서라도 학생회장이 되겠다는 거다.

내가 학생회장이 되는 것을 진정한 의미에서 진지하게 생각하지 않았기에, 기념 수험처럼 생각했기에, 이런 작전을 생각해 내지 못했다. 나름대로 최선을 다하는 것을 진심으로 선거에 임하는 것이라고 생각했다.

아니, 다이후쿠가 처음부터 이런 속셈이었을지는 알 수 없다.

오늘 회장이 제안했을 가능성도 크다.

내가 아는 것은 회장이 무시무시한 트릭스터라는 점이다.

묘조 마호라는 인간은 예상대로 진행될 것 같은 일이 이상한 방향으로 움직이는 걸 좋아한다.

아사쿠마는 아직 학교에 있을 것이다. 아니, 만나도 무의미하겠지. 지금 아사쿠마와 만나도 나는 아무것도 할 수 없다.

그리고 내 마음속이 너무 어리벙벙하다. 자다가 방금 막 일어난 것 같다.

일단 내가 쉬어야 뭐든 할 수 있겠지….

게시판을 보러 온 것은 실수였을지도 모른다.

현실을 알았다고 해서 그걸 바꿀 수 있는 힘 같은 건 내게 없다.

멍한 머리로 귀가했다.

어느 길을 지나 집에 왔는지도 잘 기억나지 않았다.

내 방에 들어가니 어째선지 눈물이 났다.

나는 울고 있었다. 휘두를 곳 없는 주먹을 쥐고서 울고 있었다.

침대에 누워 천장에 달린 형광등을 향해 오른손을 내밀었다.

당연하지만 내 이능력은 빛을 흡수하진 않는다. 그러면 물리학 법칙을 거스르는 게 된다.

"내가 무력하다는 건 알고 있었지만… 이렇게 아무것도 못

하는 건 괴롭네….”

몸을 옆으로 돌리자 책장이 눈에 들어왔다. 사 모으는 시리즈 만화가 몇 개 꽂혀 있었다. 그중에는 이능력 배틀물도 있었다.

상대방보다 강하면 그만이라니, 현재 심경으로는 아주 편한 규칙이란 생각이 들었다. 게다가 적과도 얘기가 통하고.

현실이 훨씬 더 녹록지 않다. 회장 한 명이 살짝 별난 행동에 나섰을 뿐인데 너무나도 많은 것이 바뀌려고 한다.

허리에 뭔가 단단한 것이 닿았다.

아아, 스마트폰을 주머니에서 안 뺐구나.

회장한테 불평해 줄까.

그건 에리아스의 마음을 너무 능멸한 행위 아니냐고.

아니, 그만두자.

에리아스의 마음이 소중하다면 다이후쿠의 마음도, 회장의 마음도 전부 똑같이 소중해야 한다. 에리아스만이 특별한 이유 같은 건 어디에도 없다.

결국 학생회장이 되고 싶어 하는 에리아스의 마음을 내가 조금 자세히 아니까 분함을 느낄 뿐인 거다.

몸을 일으켜 침대에 앉아서 중얼거렸다.

“나는… 에리아스가 학생회장이 되길 바랐던 거구나….”

호된 꼴을 많이 당했지만, 나는 그 녀석을 응원하고 싶었다.

정의의 편이 되고 싶다는 그 녀석의 꿈이 이루어졌으면 좋겠다고 생각했다.

안타깝지만, 친구인 다이후쿠보다도 에리아스가 학생회장이 되었으면 했다. 만약 내가 출마해서 정말로 에리아스의 당선이 위험해질 것 같았다면 나는 출마 따위 안 했을 거다.

내가 학생회장 선거에 전력을 다하는 것도 에리아스를 방해하지 않는 범위에서의 전력이었다.

답답한 감정은 아까보다도 가라앉았다. 단순히 울었기 때문일지도 모르고, 시간이 지났기 때문일지도 모른다.

어쩌면 그게 아니라, 답이 나왔기 때문일지도 모른다.

모두를 똑같이 응원할 수는 없다.

나는 에리아스를 응원하겠다.

생각이 확실해지자 다음으로 취해야 할 행동도 자연스럽게 보였다.

스마트폰을 꺼내 타카와시에게 전화를 걸었다.

에리아스에게 전화하는 건 망설여지지만, 에리아스의 응원 연설인인 타카와시한테는 연락할 수 있었다.

전화 받으려나…. 최소한 부재중 음성 안내로 넘어간다면 메시지를 남길 수 있지만, 설정을 안 해 놓는 녀석도 있으니까….

[보이스 피싱이거나 텔레마케팅이라면 당신은 저주받아서 죽습니다.]

오히려 저쪽에서 장난 전화 같은 말을 했다.

"보이스 피싱도 아니고 텔레마케팅도 아니야. 타카와시, 통화 가능해?"

[용건을 말해. 참고로 나는 지금 기분이 안 좋아.]

나는 악질 고객에게 대처하는 연수라도 받고 있는 건가…?

"다이후쿠의 응원 연설인이 학생회장으로 바뀌었어. 이대로 있으면 전 학생회장, 아니, 현 학생회장인가? 아무튼 묘조 회장이 다이후쿠를 후계자로 지명하는 구도가 돼. 에리아스에게 갈 예정이었던 표가 다이후쿠 쪽으로 상당히 빠질 거야!"

[알고 있어. 드리코는 그쪽도 매일 빠짐없이 체크했어. 그렇기에 아까 패닉에 빠져서 나도 곤란했어.]

에리아스 진영은 이미 알고 있었나. 평범하게 주말을 보내고 연설과 투표가 있는 월요일 당일에 알게 되는 것보다는 낫겠지.

[정말로 허둥대길래 손날로 목을 탁 쳐서 기절시킬까 고민했을 정도야.]

"그거, 만화 같은 데서 자주 나오지만 정말로 하진 마! 위험하니까!"

아마추어가 절대 흉내 내면 안 되는 기술이다. 깨어나지 못하면 어쩔 거야.

[드리코는 학생회 일을 하라고 학생회실에 넣어 뒀어. 사무

작업이라도 하고 있으면 마음이 진정되겠지. 나는 시뮬레이션 실에서 일주일간 쌓인 숙제를 하고 있어.]

에리아스를 위해 학교에 남은 거겠지만, 숙제를 쌓아 두지마. 타카와시의 성적이라면 간단히 의욕도 안 났던 거겠지만.

[그래서 그레 군은 왜 전화했어? 요즘은 나 말고도 대화할 상대가 있어서 성대는 움직일 수 있잖아.]

쓸데없는 한마디 쪽이 신경 쓰여서 집중이 안 된다.

"나는 다이후쿠보다도 에리아스를 응원해."

확실하게 말했다.

타카와시는 한동안 반응이 없었다. 내가 이렇게 명확히 말할 줄은 타카와시도 몰랐을 것이다.

[까마귀 녀석이 먼저 애인을 만드는 건 짜증난다, 심지어 미스 세이고와 사귀다니 절대 인정할 수 없다, 어떻게 해서든 방해해 주겠다, 라고 이해하면 될까?]

"해석이 너무 사악해!"

조금 전의 침묵은 독설을 준비하느라 그런 거였냐.

"아니, 틀렸어. 내가 에리아스를 응원하고 싶어. 나는 그 녀석이 학생회장이 됐으면 좋겠어."

이런 말을 용케 꺼냈다고 생각했지만, 망설임은 없었다.

또 침묵이 흘렀다.

전화로 통화하면 상대의 얼굴이 보이지 않아서 침묵이 길게 느껴진다. 타카와시는 눈을 볼 수 없으니 조건이 달라지지만.

[왜 그걸 처음에 말하지 못한 거야? 드리코… 아니, 드리드리가 응원 연설인이 되어 달라고 했을 때 말이야.]

에리아스의 별명은 어느 쪽이든 좋잖아….

"모르겠어. 인간관계 문제는 기본적으로 어려워서 멀리 돌아갈 때는 돌아가게 된다고…."

[그렇지…. 분하지만 나도 그레 군과 동류라서 그 마음은 대충 이해해….]

그 부분은 동맹자답게 타카와시도 인정하는 것 같았다.

[그레 군이 착한 척하고 싶다는 건 알겠는데, 이렇게 막바지에 이르러서 응원한다고 드리코한테 직접 말하면 2L 페트병으로 얻어맞을 거야. 그 아이는 뒷공작으로 이기고 싶은 게 아니고, 비정하게도 그레 군은 응원 연설인이 되어 달라는 부탁을 한번 거절했으니까. 비정하게도.]

구태여 두 번 말하지 마.

하지만 이제 와서 손을 내민다면 진짜로 2L 페트병으로 얻어맞을 것 같단 말이지…. 그 정도면 그냥 둔기로 폭행하는 거다….

"알고 있어. 그래서 너한테 전화한 거야. 즉, 에리아스와 일반 학생에게는 뒷공작이 뒷공작으로 안 보이면 되잖아."

[계책은 있어? 지금부터 생각하기엔 시간이 별로 없는데.]

그렇다는 건 도와주긴 한다는 거지?

"당장은 생각이 안 나지만, 솔직히 친구를 만드는 것과 비교하면 난이도는 낮아."

굳이 따지자면 친구를 만드는 게 너무 어렵다.

주말이 있잖아. 할 수 있다. 손쓸 방법은 아직 있다.

주말이 지나고 월요일.

이날은 수업 편성이 평소와 달랐다. 모든 수업이 5분 단축되었고 4교시까지만 했다. 그리고 점심시간이 끝나면 전교생이 강당에 모여 학생회 선거에 출마한 인간의 연설을 듣는다.

연단에 서는 학생은 미리 별실에 모두 와 있었다. 나도 당연히 있었다.

물론 학생회장도.

학생회장은 내 얼굴과 에리아스의 얼굴을 힐끔힐끔 보았다.

꽤 즐거워 보였다. 내가 불평해 봤자 씨알도 안 먹히겠군.

에리아스의 표정은 딱딱했다. 얼굴만 봐서는 선거전이 불리해질 것 같아서 긴박한 표정을 짓고 있는 건지, 아니면 그저 투표 전이라서 긴장했을 뿐인지 알 수 없었다.

한편 다이후쿠는 상당히 의욕적인 것 같았다. 다이후쿠는 다이후쿠대로 짊어지고 있는 게 있으니 말이지. 선거를 대충 치를 수는 없을 것이다.

만약 다이후쿠가 학생회장이 되려고 안 했다면 이렇게 얘기가 꼬이지도 않았겠지만.

아니, 그건 너무 자기중심적인 견해다. '현시점에 될 수 있는 정의의 편의 최상급'이라서 학생회장이 되고 싶어 하는 에리아스의 이유가 용납된다면, 자신을 바꾸기 위해 학생회장이 되고 싶어 하는 다이후쿠의 이유도 용납되어야 한다.

그리고 서기와 회계 입후보자가 있었다.

다만 이쪽은 정원과 응모자의 수가 일치하기에 신임 투표다. 사실상 당선이라고 생각해도 됐다. 다들 1학년이지만, 당선된 것이나 마찬가지라서 그런지 편하게 있었다.

또한 나는 이능력 관계로 혼자만 꽤 떨어진 곳에 앉아 있었다…. 아사쿠마와도 떨어져 있었다….

어쩔 수 없는 일이긴 하지만, 자신의 이질적임이 눈에 보이는 형태로 나타나면 여전히 괴롭긴 했다…. 협조성에 문제가 있는 녀석이란 느낌이 든다. 아니, 외톨이는 협조성에 문제가 있나? 그렇진 않다. 친구가 적은 것과 협조성은 별개의 개념이다.

"선배, 열심히 하죠!"

아사쿠마가 눈을 반짝이며 나를 보았다.

"으, 응…. 할 수 있는 일은 할 거야….."

아사쿠마를 배신하는 것 같아서 마음이 아프다. 역시 모두가 행복해지도록 행동하는 건 불가능하다. 승부니까. 모두가 우승할 수는 없다. 탈락하는 녀석이 있기에 이기는 녀석도 있는 거다.

이윽고 진행을 담당하는 교사가 왔다. 2학년 학년주임 아저씨였다.

"오늘 잘 부탁합니다. 뭘 하는지는 이미 알고 있겠지만, 다시 간단히 훑겠습니다."

교사가 프린트를 나눠 줬다. 내 프린트는 아사쿠마가 넘겨줬다. 역시 격리 지역 같은 취급이었다.

"응원 연설인을 포함하여 연설하는 사람은 모두 연단 옆에 있는 의자에 앉아서 자기 차례를 기다립니다. 그러니 이리로 돌아오는 건 모든 연설이 끝난 뒤입니다."

무대에서 대기실로 돌아오면 다른 후보의 연설을 들을 수 없으니 말이지. 옆에서 들으라는 시스템이다. 중학생 때도 그런 시스템이었다.

"연설 순서는 지금 정하도록 하겠습니다. 학생회장 선거에 입후보한 사람이 세 명이니 추첨으로 정하죠."

교사가 아래쪽 반절이 접혀 있는 종이를 꺼냈다.

위에 선이 그어져 있어서 사다리 타기라는 걸 바로 알 수 있었다.

나와 에리아스와 다이후쿠는 가위바위보를 했고 내가 가장 먼저 이겼다. 이런 데에만 운을 쓰는 것 같다.

어차피 뭘 골라도 확률은 똑같으니까 고민하지 않고 오른쪽을 골랐다.

다음으로 이긴 다이후쿠가 중앙을 고르면서 에리아스는 왼쪽이 되었다.

교사가 접어서 숨겨 뒀던 부분을 펼쳤다. 내가 고른 오른쪽은 '2'라고 적혀 있는 곳에 도달했다. 두 번째인가.

굳이 따지자면 다른 두 사람의 순서가 더 중요했다.

다이후쿠가 첫 번째였고 에리아스가 마지막인 세 번째였다.

좋아, 나쁘지 않다. 이런 건 나중에 말하는 것이 더 인상에 남는 만큼 유리하다.

"그리고 이번에는 부회장으로 입후보한 학생이 없으므로 선거 규칙에 따라 회장 후보 중에서 차점을 얻은 사람이 부회장이 되었으면 하는데, 이론 있습니까?"

이것도 문제없다. 내가 2등이 되면 부회장이 되어야 하지만… 상식적으로 생각해서 그럴 일은 없다. 대부분의 학생은 학생회 경험자에게 투표할 테니까 나는 최하위다. 그리고 설령 접전이더라도 이제부터 실행할 작전 때문에 어차피 득표수는 떨어진다.

"그럼 무대 옆으로 이동합시다."

우리는 교사의 지시에 따라 이동을 시작했다.

알고는 있지만 나는 제일 뒤였다.

이대로 가면 내 자리만 따로 떨어져 있겠네. 두 번째로 연설하는데….

걷고 있는 내 근처로 누군가가 다가왔다. 이번에는 기척으로 바로 알았다.

묘조 학생회장이었다.

"초S라서 미안해. 결말이 보이는 선거는 재미없잖아."

"딱히 상관없어요. 최종적으로는 제가 이길 테니까요."

내 말이 의외였는지 회장은 눈을 크게 떴다.

"방금 그건 꽤 의외였어. 배신한 것처럼 됐지만, 특훈은 계속해서 봐줄게. 못 믿을지도 모르지만 맡겨 줘."

회장은 엄지를 척 치켜들고 혀를 내밀었다.

내가 출마한 것만큼이나 이 사람이 학생회장이었다는 것도 신기하다는 생각이 들었다.

강당은 내게도 인연이 깊은 장소다.

아이카의 표창 집회 때, 나는 이곳에서 한번 도망쳤었다.

그리고 입구 앞에서 기다리던 타카와시에게 저지당했다.

결국 아이카의 매혹화가 과하게 작용하여 좀비처럼 이성을 잃은 학생들을 드레인으로 쓰러뜨린다는 엄청난 사태가 벌어졌었지만… 내게는 자신을 바꾸는 계기가 된 날이기도 했다. 그날이 없었다면 나는 여전히 혼자서 우물쭈물하고 있었을지도 모른다.

설마 내가 무대에 서게 될 줄은 몰랐지만 말이지.

앞에 있는 학생들이 입장했기에 나도 뒤따랐다. 물론 맨 뒤였다. 내 의자만 떨어진 곳에 놓여 있었다.

이제 익숙하다. 나는 이곳을 특등석이라고 생각하기로 했다.

먼저 서기와 회계 입후보자가 연설했다.

'학교를 위해' '노력하고 싶다' '더 나은 학생회를' 등등 비슷비슷한 말이 나열되었다.

그야 그럴 거다. 학생회 따위에 관심 없다든가, 이런 일은 무의미하다든가, 그런 말은 할 수 없다. 할 말은 자동적으로 규정되고, 신임 투표로 뽑히는 입장이라면 그것으로 충분하다.

이윽고 다이후쿠 차례가 됐다.

생각보다 진행이 빨랐다. 신임 투표 입후보자는 응원 연설인의 말도 짧았기 때문이다.

먼저 의자에서 일어난 사람은 다이후쿠였다.

표정은 보이지 않았다. 다만 걸음걸이를 보아하니 다이후쿠도 긴장한 것 같았다.

사실 내 자리만 멀리 떨어져 있어서 누구의 얼굴도 안 보였다. 대화도 할 수 없었다. 아슬아슬하게 아사쿠마와 이야기할 수 있을 듯한 거리였다. 이거… 나만 불공평하지 않아?

"다이후쿠 보쿠젠입니다. 이름은 세 보인다는 말을 자주 듣습니다. 원래는 회장 선거에 입후보할 생각도 없었습니다."

농담으로 연설을 시작한 다이후쿠의 등을 대각선에서 보았다.

솔직히 뒷모습만 봐서는 다이후쿠의 마음을 읽을 수 없었다. 나한테 그런 이능력은 없으니까.

하지만 목소리로는 알 수 있었다.

다이후쿠는 장난치고 있는 게 아니다.

자랑스러운 내 친구다. 그렇기에 앞으로 내가 할 짓을 생각하면 마음이 아팠다.

"다만, 이제 고등학교 2학년도 끝나 가고, 당연하지만 3학년 기간도 1년밖에 없는데, 이대로 고등학교 생활을 조연으로 끝내도 되는 걸까 하는 생각이 들었습니다. 물론 학생회장도 조연이라고 하는 분도 있겠지만요."

그건 마치 에리아스의 마음을 대변하는 것처럼 들렸다.

그렇게 이상한 일은 아니었다. 학생회장이 되는 것에서 의미를 찾아 출마한 것은 둘 다 마찬가지다.

다이후쿠의 연설은 한마디로 표현하면 '성실'이었다.

재미가 있지는 않았다. 정말로 정공법으로 나왔다.

하지만 그건 정공법으로 가도 이길 만한 편법을 썼기 때문이다.

연설을 감동적인 내용으로 하는 것보다도 응원하는 사람을 영향력 있는 인간으로 하는 편이 훨씬 더 표수를 늘릴 수 있다.

다이후쿠는 다이후쿠대로 이 짧은 시간에 가장 효과적인 선택을 했다.

그걸 생각한 사람은 아마 다이후쿠가 아니라 회장이겠지만.

다이후쿠의 연설은 내내 성실하게, 실수라고 할 만한 것도 없이 끝났다.

어디선가 짝짝 박수가 일었지만 그것도 그리 크지는 않았다. 첫 번째 순서기도 하고, 악단의 연주처럼 박수 쳐야 하는 건지도 알 수 없으니 어쩔 수 없는 일이었다.

회장이 쓱 일어났다.

그리고 살짝 뒤돌아보았다.

표정은 온화했으나 어째선지 안쪽에 시커먼 것이 숨어 있는 듯한 느낌이 들었다.

"에리아스, 다녀올게."

회장은 마치 아군에게 고하듯 그렇게 말했다.

하지만 그건 어떻게 생각해도 선전 포고였다.

몸이 긴장되었다. 아마 타카와시도 비슷한 기분이 들었을 것이다.

혹시 회장과 에리아스는 격렬하게 대립한 과거가 있었나? 최소한 뭔가 응어리진 게 있는 것 아닌가 하는 생각이 들었다.

"안 질 거예요."

에리아스는 모깃소리만큼 작게 말했지만, 역시 무슨 표정을 짓고 있는지 내 쪽에서는 보이지 않았다. 안 보여서 다행일지도 모른다. 보였다면 입 안이 썼을 것이다.

회장은 천천히 연단으로 가서 그 앞에 서더니 마이크 높이를 조금 조절했다.

"먼저 1년간 학생회장을 맡겨 주셔서 감사합니다."

그 말과 동시에 내 눈은 원치 않아도 회장 쪽으로 끌려갔다.

회장이 서 있는 곳만 분위기가 달라져 있었다.

마치 거물 뮤지션이 노래하기 시작한 것 같았다. 강제로 주목하게 됐다기보다는 눈을 뗄 수가 없다고 할까….

회장의 카리스마가 이렇게 대단한가?

아니, 틀렸다. 일반 학생들도 회장을 매우 관심 있게 보고 있었다.

대부분의 학생에게 귀찮은 행사인데 이렇게 의식하는 건 이상했다.

이건 '최량 자기 재량 일인극'을 쓴 거잖아!

아마도 확연히 부자연스럽게 보이지는 않는 아슬아슬한 선을 타고 있을 것이다.

이능력을 측정하는 기계 같은 건 없으니까 이능력이 사용됐다고 증명할 수단은 없었다.

에리아스가 왼손으로 입을 가리고 있었다.

그 동작은 어떻게든 곤혹스러움을 막으려고 하는 것처럼 보였다.

전교생 앞에서 능력을 쓴다고?

선거 활동 중에 이능력을 쓰면 안 된다는 규칙은 없다. 다이후쿠가 어필하기 위해 까마귀를 모은 것처럼 그것도 개성이었다.

하지만 그렇다고 해도 일종의 정신 지배는 부정행위에 가깝잖아.

아니, 엄밀히 따지면 이능력이 사용됐는지도 알 수 없다. 증명할 수단조차 없다. 그러니까 회장에게는 아무런 리스크도 없었다. 연설을 중지하라고 내가 뛰쳐나갈 수도 없고….

그야말로 회장이다. 하는 일이 대담하다….

"저 같은 사람이 학생회장이라는 대임을 지속할 수 있었던 것은 학생 여러분 덕분입니다. 정말로 감사합니다."

그리고 이능력을 빼고 봐도, 실제로 회장이 풍기는 분위기도 지금까지 봤던 헐렁한 모습과는 달랐다.

당당히 회장으로서 행동하고 있었다. 이 정도 연출은 당연히 할 수 있다는 것처럼.

"그래서 나름대로 후계자를 추천하는 것도 전임자의 책무라고 생각하여, 갑작스럽지만 금요일에 억지를 부려 응원 연설인이 되고 싶다고 했습니다. 이 학교를 떠나기 전에 후회가 없도록 해야 할 일을 전부 하자고 생각했습니다."

역시나 회장의 책략인가.

에리아스와 다이후쿠의 싸움에서 회장은 확실히 다이후쿠에게 가담한 거다.

"다이후쿠 군은 1년간 서기로서 성실하게 학생회를 보좌했습니다. 저 같은 불성실한 인간을 줄곧 헌신적으로 도와줬습니다. 다이후쿠 군에게 맡기는 것이 가장 좋다고 생각했습니다."

진짜냐…. 이렇게까지 노골적으로 후계자 지명을 할 줄은 몰랐다.

에리아스를 완전히 밟을 작정이었다.

다이후쿠의 뒷모습을 보니 조금 위축되어 있는 것 같았다.

저 녀석도 악마에게 영혼을 판 듯한 죄악감 비슷한 것을 느끼고 있겠지.

회장의 연설은 역시 관록이 있었다.

선동자라는 말이 가장 적절했다. 자신을 따르면 전부 잘 풀린다는 암시를 청중에게 거는 구석이 있었다.

회장이 연설을 마치자 다이후쿠 때보다도 한층 큰 박수 소리가 났다.

다이후쿠 진영의 연설은 이로써 종료.

다음 차례는 내 진영이다.

아사쿠마가 나를 보았다.

"드디어 실전이네요. 적은 상당히 강력하지만, 정정당당히 싸우죠."

"응, 아사쿠마, 부탁할게."

물론 내 진영의 연설 순서는 미리 정해 뒀다.

먼저 아사쿠마의 응원 연설로 시작한다. 내가 그렇게 해 달라고 부탁했다. 아사쿠마는 딱히 원하는 순서가 없었기에 흔쾌히 받아들여 줬다.

이 순서여야만 했다. 아사쿠마에게는 정말로 미안하지만, 아사쿠마가 무슨 말을 해도 의미는 거의 없다. 내가 무의미하게 만든다.

나는 정정당당히 싸우지 않을 거다.

"1학년인 아사쿠마 시즈쿠입니다. 하구레 나리히라 선배의 응원 연설을 하겠습니다!"

아사쿠마의 말은 통통 튀는 것처럼 기운찼다.

여자들의 시선이 많이 모이는 것 같았다.

"하구레 선배는 인간관계 연구회라는 조직에 소속되어 있습니다. 저는 긴장하면 모습이 사라져 버리는 이능력을 가지고 있는데, 그 울렁증을 극복하기 위해 인간간계 연구회분들에게 도움을 많이 받았습니다. 특히 시오노미야 선배는 제 스승님이라고 할 수 있는데….”

…시오노미야는 지금 관계없지 않아?

그리고 방금 잘못 말했지? 인간간계 연구회라고 했어…. 인간의 간계를 연구하는 동호회 같아졌어. 너무 코어해.

아사쿠마, 의욕은 대단하지만, 학생회 사람과 비교하면 말하는 데 익숙하지 않은 느낌이 드네….

뭐든 좋다. 아사쿠마는 마음껏 얘기하면 된다. 질책할 권리는 내게 전혀 없다.

오히려 조금 있다가 아사쿠마가 나를 질책하게 될 거다.

“그런 인간관계 연구회의 하구레 선배가 선거에 출마한다고 하여, 저도 인간관계 연구회에 답례를 하고 싶어서 응원 연설을 하게 되었습니다.”

완전히 사실이지만, 그렇게 말하면 ‘조직에 신세를 졌기에 조직의 누군가를 위해 협력 중이다’라는 문맥이 되어 나를 개별로 추천하는 요소가 없어진다….

그럼 나의 어떤 요소가 학생회장에 걸맞냐고 해도 딱히 생각나는 게 없지만….

“하구레 선배는 다른 사람의 힘을 흡수하여 쇠약해지게 만드는 아주 불편한 이능력을 가졌습니다. 그 탓에 친구도 별로 사귀지 못해서 고통받았습니다.”

학생들이 살짝 웃었다.

아사쿠마, 너무 직설적이야!

"하지만 이능력 때문에 고민한 경험이 있기에, 긴장하면 사라져 버리는 제 문제를 어떻게든 도와주려고 노력해 주셨습니다. 고민을 가진 사람이기에 할 수 있는 일도 있을 겁니다! 이능력 때문에 어려움을 겪고 있는 사람을 보듬어 주는 세이고로 만들어 줄 겁니다!"

아, 다행이다. 딱 좋은 지점에 착지한 것 같다….

다만, 이능력 때문에 어려움을 겪고 있는 학생을 생각해 주는 학교로 만들어 나가겠다는 계획은 내 안에 전무했다.

왜냐하면 나는 당선될 생각이 없기 때문이다.

그래도 아사쿠마, 고마워.

네 덕분에 나는 여기 서 있어.

"이제 하구레 선배가 말할 겁니다. 분명 멋진 얘기를 해 주시겠죠. 잘 부탁드립니다!"

뭔가 마지막에 허들이 높아졌네…. 딱히 문제는 없지만….

강당에 박수 소리가 울렸다. 아사쿠마의 응원 연설은 끝났다는 뜻이다.

그럼 내 차례인가.

연단에서 가장 떨어져 있는 격리된 자리에서 일어났다.

자리로 돌아오는 아사쿠마와 도중에 엇갈렸다.

"선배, 파이팅이에요!"

"응, 선처할게."

그 말에 거짓은 없었다. 대충 하지는 않을 거다.

에리아스와 타카와시를 힐끔 보았다.

에리아스는 고개를 숙이고서 자신이 할 말을 가만히 생각하고 있는 것 같았다.

회장의 보증을 얻은 다이후쿠를 어떻게 이길지 필사적으로 시뮬레이션하고 있을 것이다.

그거면 됐다. 이 세이고에서 가장 학생회장이 되고 싶어 하는 학생은 틀림없이 너다.

순간 최대 풍속으로는 다이후쿠가 앞질렀을 때도 있었을지 모르지만, 다이후쿠가 진심으로 학생회장이 되고 싶다고 생각한 기간은 기껏해야 최근 한 달 정도이리라. 너와는 경력이 다르다.

그게 바로 학생회장이라는 지위에 대한 애정의 차이다.

진지하게 생각한다는 감정에 거짓이 없더라도, 몇 년이나 계속 생각한 녀석과 최근 들어 제대로 생각하게 된 녀석은 애정의 깊이가 다르다.

나는 그런 에리아스를 응원하기로 했다.

타카와시는 무슨 생각을 하는지 알 수 없었다. 늘 그렇듯, 비판하는 것 같은 엄격한 눈으로 강당을 흘겨보고 있었다. 그 표정이 지금 이 자리에는 어울렸다. 이상하게 생글생글 웃는 것보다는 이게 낫다.

타카와시, 에리아스를 잘 챙겨 줘.

내가 직접 에리아스를 원호할 수는 없으니 중간에 너를 끼울 수밖에 없어.

동맹자로서 내 의향을 헤아려 줘.

연단에 섰다.

그곳에 서서 맨 처음 든 감상은 '이능력자는 많구나'였다.

인구가 많은 도쿄 소재 학교니까 그렇기도 하겠지만, 이능력자는 이렇게나 많구나. 우리가 다수파라고 착각할 것 같다.

어디까지나 이능력자는 사회의 극히 일부분이다. 거시적으로 보면 우리 모두가 소수파다.

분명 다들 이능력 때문에 크고 작은 고민 같은 게 있을 것이다. 나만 특례인 게 아닐지도 모른다. 어쩌면 묘조 학생회장도.

"어어, 하구레 나리히라입니다. 주제넘지만 학생회장으로 입후보했습니다."

목소리가 안 나오는 일은 없었다.

외톨이는 불특정 다수에게 말하는 건 비교적 잘한다. 상대를 인간이라고 생각할 필요가 없다. 당근이나 가지 무더기에 대고 말하는 것과 별반 다르지 않으니까.

"1학년 때부터 학생회 소속이었던 것도 아닌 녀석이 왜 학생회장이 되려고 하는지 의문스러운 분도 있을 겁니다. 솔직히 말씀드리자면…."

나는 한 호흡 간격을 뒀다.

이어서 할 말을 제대로 들어 줬으면 했다.

"…솔직히 말해서 딱히 학생회장이 되고 싶지는 않습니다."

강당이 술렁거렸다.

웃음도 섞여 있었지만, 그것보다도 불온한 분위기가 더 강했다.

터무니없는 녀석이 나왔다는 분위기였다.

그거면 됐다.

나는 **터무니없는 녀석**으로서 행동할 작정이다.

위험한 녀석이 나왔다고 마음껏 생각해 줘.

"그럼 왜 학생회장 선거에 출마했냐고 하시겠죠. 당선될 마음이 없는 녀석이 출마한 데에는 이유가 있지 않겠습니까? 네, 있습니다. 이유는 있습니다."

내 체내에 있는 스트레스 일부가 뽁뽁이 포장재를 터뜨리듯 사라졌다.

남들 앞에서 마음대로 말하고 있어서 그런 건지.

지금의 내게는 잃을 것이 없어서 그런 건지.

여하튼 외톨이였던 나는 처음 체험하는 일이었다.

"그건 바로 타츠타가와 에리아스, 현 부회장이 학생회장으로 뽑히는 게 싫기 때문입니다!"

술렁임이 커졌다.

설마 특정 후보를 지명해서 비방하는 녀석이 나올 줄은 몰랐을 것이다.

뒤에서 에리아스가 달려들면 곤란해지지만, 다행히 살기가 다가오는 기색은 없었다. 타카와시, 에리아스가 달려들려고 해도 네가 막아 줘.

"저는 초등학생 때부터 저 녀석을 봤습니다. 저 녀석은 중학생 때도 학생회에 있었습니다. 권력을 가지는 게 취미인 것 같은 인간입니다. 저 녀석을 학생회장으로 뽑는 건 백해무익한 일입니다."

교사도 말리려 하지 않았다. 어디까지나 학생의 자주성에 맡기는 거군.

좋아, 계속하자.

다시 한 호흡 간격을 뒀다.

우습다면 마음껏 웃으면 된다. 나도 웃기는 짓을 하고 있다는 자각은 있다.

하지만 내 주장을 잘 들어라. 그리고 누구에게 투표해야 할지 생각해라.

"그래서 저는 다이후쿠가 학생회장이 되어야 한다고 생각합니다."

말이 빨라지지 않도록 일부러 천천히 말해 줬다.

"저는 다이후쿠와도 친교가 있는데 아주 괜찮은 녀석입니다. 무슨 일이든 실수 없이 처리합니다. 서기이기도 했으니 경험 없는 초짜도 아닙니다. 학생회장이 될 충분한 능력이 있습니다."

앞을 보는 건 전혀 문제없었다. 이렇게나 학생이 모여 있으면 불특정 다수의 모임일 뿐이다.

하지만 뒤를 보는 건 무진장 무서웠다.

에리아스를 보는 것도 무섭지만, 아사쿠마를 보는 것도 무서웠다.

무엇보다 다이후쿠를 보기 무서웠다.

그래도 첫 번째 순서로 등장하는 것보다는 나았다. 그랬다면 더 철저히 에리아스를 깎아내리고 다이후쿠를 응원하는 짓거리를 해야 했을 거다…. 첫 타자인 만큼 내 메시지의 영향력이 확실하게 떨어지니까….

뭐, 두 번째와 세 번째의 차이는 거의 없으니까 3분의 2 확률로 괜찮을 거라는 마음으로 임했는데, 평소에 불운한 만큼 여기서 3분의 1을 뽑는 일은 없었다.

"저는 학생회장이 되고 싶어 하는 다이후쿠의 마음을 알고 있습니다. 찹쌀떡처럼 물렁한 생각으로 출마한 건 절대 아닐 겁니다!"

웃으라고 한 말이었는데 별로 웃지 않았다.

뭐, 좋다. 침울해할 새는 없다.

"무엇보다 확실한 증거로 묘조 학생회장도 다이후쿠를 추천했습니다. 학생회장도 현 부회장에게 맡기는 것보다 낫다고 판단한 겁니다. 즉, 이건 저의 사적인 원한이 아니란 말이죠."

어떠냐. 말은 되지?

"묘조 학생회장이 직전에 응원 연설인이 된 것에서 다이후쿠를 학생회장으로 만들고 싶다는 강한 의지가 느껴집니다. 반대로 말하면, 어떻게 해서든 현 부회장을 학생회장으로 만들면 안 된다고 생각하고 있는 겁니다! 다이후쿠를 뽑아야 합니다. 다이후쿠를 뽑아야 합니다."

이건 공개 토론회가 아니다. 다이후쿠 진영이 반론할 시간은 없다!

"여러분, 누구에게 투표해야 할지 이제 아셨겠죠? 제 연설은 이걸로 끝입니다. 마음은 전해졌으리라고 생각합니다. 그럼 이만!"

마지막에 마이크가 키이이이이이이이잉 하고 하울링했다!

이 실수는 고의가 아니었다. 단순한 사고였다.

하지만 그 불협화음은 이 선거전에서의 내 존재 그 자체였다.

나 같은 녀석은 남들 위에 서지 못할 거다. 이능력 탓도 있어서 사회의 톱니바퀴 안에서도 눈에 띄지 않는 곳에서 살게 될 거라고 생각한다.

하지만 그런 녀석이어도 불협화음이 되어 기억에 남는 것 정도는 할 수 있다.

할 일을 끝냈지만, 연설을 마치고 자리로 돌아가는 시간이 가장 긴장됐다.

특히 다이후쿠의 얼굴을 보는 게 무서웠지만, 봤다.

다이후쿠는 아차 싶은 표정을 짓고 있었다.

한편 회장은 폭소하듯 여전히 웃고 있었다.

초S인 이 사람에게는 최고의 전개겠지. 선거 자체가 코미디가 됐으니까. 당신이 일으킬 수 있는 것 이상의 사고다. 확실하게 특훈을 도와주지 않으면 수지가 안 맞는다.

아사쿠마는 화났을 거라고 생각했는데….

사라진 상태였다.

"선배, 창피했어요…. 뭐 하시는 거예요…."

목소리만 들렸다. 아아, '강제 카멜레온'이 발동해 버렸나. 동료가 엄청난 추태를 보였으니 말이지…. 정말 미안해.

"미안해. 하지만 처음부터 아사쿠마를 이렇게 끌어들일 생각은 아니었어. 금요일에 일어난 문제를 어떻게든 하려면 이 방법밖에 없었어. 자세한 사정은… 나중에 변명할게."

지금은 선거전 중이다. 기본적으로 사담은 좋지 않다.

내 자리에 앉았다. 한 5년 만에 돌아온 기분이었다. 그러고 보니 내가 연설을 끝냈는데도 박수 소리가 안 났다. 그 내용으로 박수 받아도 곤란하지만.

에리아스 진영은 어쩌고 있지?

타카와시가 작은 목소리로 에리아스에게 뭔가 말하고 있었다.

무슨 내용인지는 안 들리지만 부탁하마. 에리아스를 살리는 것도 죽이는 것도 너한테 달렸어. 여기서 악마의 속삭임처럼 나한테 보복하라고 에리아스를 부추기면 전부 물거품이 된다…. 포말 후보는 한 명이면 족하다.

나 때문에 시끄러워지긴 했지만, 대기 시간은 거의 없었다.

이제 에리아스 진영 중 누군가가 연단에 서야 했다.

에리아스가 고개를 끄덕이는 것이 보였다.

그와 동시에 타카와시가 일어나서 연단으로 향했다. 먼저 연설하는 사람은 타카와시인가.

"2학년인 타카와시 엔쥬입니다. 학생회장으로 입후보한 타츠타가와 에리아스를 지지합니다."

타카와시는 차분한 톤으로 이야기를 시작했다.

"이번에 현 학생회장인 묘조 선배가 현 서기인 다이후쿠를 지지했습니다. 하구레도 타츠타가와의 트집을 잡았고, 뭐, 이런저런 사정이 있는 거겠죠."

나는 숨을 삼켰다.

전혀 언급하지 않는 것도 이상하지만, 위험한 화제다.

중요한 건 지금부터다. 타카와시, 잘 처리해 줘.

"저는 학생회 사람이 아니라서 내부 사정은 모르지만, 타츠타가와가 학생회 부회장으로서 업무를 소화하며 학업도 소홀히 하지 않고 양립시킨 것은 같은 반 친구로서 직접 보았습니다."

타카와시는 앞을 보고 있었다.

아마 누구와도 시선이 마주치지 않게 벽 같은 곳을.

"저는 동아리 관련으로 학생회에도 자주 신세를 졌는데…."

구체적으로 말하면 인관연 때문에 폐를 끼친 거지만… 이 말만 들은 녀석은 그렇게 받아들이지 않겠지. 거짓말은 안 했다.

"타츠타가와에게 도움을 많이 받았습니다. 살짝 봤을 뿐이지만 타츠타가와가 학생회의 요체라는 것은 알 수 있었습니다. 이번 학생회장 후보 중에서 타츠타가와가 인간으로서 가장 신뢰할 수 있다고 생각합니다. 여러분도 성실하게 일하는 타츠타가와를 본 적이 있지 않습니까?"

타카와시의 목소리는 객관적으로 봐도 매우 명료하고 차분한 톤이었다.

이렇게 인상이 좋은 타카와시도 있다는 걸 처음 알았다. 동맹 상대인 내가 모르는 것도 이상한 이야기지만, 보일 일이 없긴 하지….

아니면 나와 마찬가지로 불특정 다수에게 말하는 것은 비교적 아무렇지도 않은 걸지도 모른다. 사회인 중에도 일대일 커뮤니케이션은 지치지만 접객 같은 건 문제없다는 사람이 많다고 하니까.

묘조 회장과 나 때문에 술렁거리던 강당의 분위기를 타카와시가 진정시켰다.

변화구 다음에 날아온 직구는 실제 속도보다 훨씬 빠르고 위력적으로 느껴진다고 한다.

타카와시의 연설은 그야말로 이 순간에 진가를 발휘하는 정통파 연설이었다. 모여 있는 학생들이 타카와시의 이야기에 귀를 기울이고 있음을 내 위치에서도 알 수 있었다.

"나머지는 타츠타가와 본인에게 들으면 될 것 같으니, 짧지만 제 얘기는 여기서 끝내겠습니다."

확실히 짧은 이야기였으나, 타카와시의 연설로 강당의 분위기는 완전히 초기화되었다.

말하자면 본래 학생회장 선거의 분위기로 돌아갔다.

잘했어, 타카와시. 말할 수 없지만 마음속으로 그렇게 칭찬했다.

타카와시가 돌아옴과 동시에 에리아스가 일어났다.

두 사람은 엇갈리면서 하이파이브를 했다.

어라… 방금 타카와시가 먼저 손을 들었나?

설마 그럴 리가 없지, 응….

마지막으로 에리아스가 연단의 마이크 앞에 섰다.

자, 이제 네가 평소처럼 하면 된다.

"1년간 부회장을 맡았던 타츠가와 에리아스입니다."

그런 한마디로 시작된 에리아스의 연설은 의표를 찌르는 구석도 없었고 언성을 높이지도 않았다. 나나 다이후쿠를 비난하는 표현도 없었다.

단적으로 말해서 아주 어른스러웠다.

타카와시와 비교해도 어딘가 부드럽고 세련된 태도였다.

하지만 누구보다 필사적이라는 것은 전해졌다.

"저는 현 학생회장처럼 유연하게 살지는 못합니다. 분명 요령이 없는 거겠죠. 하지만 그렇기에 성실하게 학생 여러분을 도울 수 있는 학생회를 만들어 나가고 싶습니다. 그러면서 저도 인간적으로 성장할 수 있다면 정말 기쁠 겁니다."

에리아스가 잠깐 쉬었다가 말을 이었다. 그런 태도도 침착했다.

"저는 수질을 변화시키는 이능력을 가졌습니다. 공헌 레벨이 높아서 부럽다는 말을 듣지만, 저는 이 이능력을 좋아하지 않았습니다. 불편하지는 않지만 너무 밋밋하기 때문입니다. 뭔가 어려서부터 자신의 한계를 고지받은 기분이 들었습니다."

에리아스가 작게 웃은 것이 마이크에 잡혔다.

저 녀석, 상당히 편하게 말하고 있나 보네.

"그래서 학생회장이 되고자 하는 것은 제 인생에 대한 나름의 사소한 반항입니다. 볼 거 없는 이런 인간도 조금은 도움이 된다는 걸 보여 주는, 말하자면 투정 같은 겁니다."

아아, 에리아스가 아주 예전부터 학생회 선거를 신경 썼던 이유를 알았다. 어디까지나 내가 그렇게 느낀 거지만.

지금 에리아스는 틀림없이 매우 진지하다. 이런 에리아스의 모습을 반에서는 볼 수 없다.

에리아스가 생각하는 승부처가 **지금**인 거다.

정의의 편은 아닐지도 모르지만, 너는 정의의 사도만큼 힘껏 자신의 싸움을 벌이고 있다.

"하지만 그런 저이기에 학생회장이 되면 최고의 일을 할 수 있으리라고 생각합니다. 학생회장으로서 활약하여 자신의 한계를 배반해 보이겠다. 그것이 제가 고교 시절의 목표로 삼은 커다란 과제니까요."

그리고 에리아스는 이어진 한마디에 힘을 실었다.

"부디 저를 학생회장으로 뽑아 주시기 바랍니다!"

그렇게 말한 후 에리아스는 정중하게 고개를 숙였다.

"이상으로 제 연설을 마칩니다."

자리가 뒤에 있어서 에리아스의 표정을 볼 수 없는 것이 아까울 만큼 에리아스는 빛나고 있었다.

에리아스가 자리로 돌아가는 동안, 가장 크게 박수가 일었다.

아직 결론을 내기엔 이를지도 모르지만.

앞선 우리의 연설도, 사다리 타기의 운도, 전부 에리아스를 돋보이기 위해 준비된 일인 것 같다는 생각이 들었다.

★

연설이 끝난 후, 학생들은 반으로 돌아가 투표했다. 참고로 반에서는 노지마 군과 오오타를 시작으로 "그 연설은 용기 있었다고 생각해." "강심장이구나." 등등 놀리는 말을 들었다.

솔직히 그렇게 장난쳐 주는 것만으로도 기뻤다. 작년 같았으면 모두에게 무시당하는 대참사가 일어났을지도 모른다…. 보죠 선생님한테까지 "무지막지했어!"라는 의문의 평가를 받았다.

나도 깨끗한 한 표를 던졌다. 타카와시가 LINE으로 [그레 군과 한 표의 가치가 같다니 납득할 수 없어.]라고 했지만 무시했다.

선거 결과는 그날 중에 교내 방송으로 발표되었다.

[선거 결과, 학생회장은 타츠타가와 에리아스로 결정되었습니다.]

응, 내 협력(?)도 있어서 에리아스가 이겼다.

[그리고 차점인 다이후쿠 보쿠젠은 부회장이 되었습니다.]

그쪽 안내가 개인적으로는 중요했다.

이래 놓고 내가 부회장이 됐으면 매일 수업 끝나고 에리아스
한테 들볶였을 거다….

⑥ 어색하고 불편해도
설명은 일찌감치 해 두는 편이
낫단 말이지

 나는 인관연의 시뮬레이션실에서 선거 결과를 들었다.

 참고로 교실에는 나밖에 없었다.

 아이카와 시오노미야는 또 둘이서 먼저 돌아간 것 같았다.

 물론 아사쿠마에게는 제대로 사과했다. 이건 나의 당연한 의무였다.

 타카와시는 어쩌고 있는지 모르겠지만… 냉큼 돌아갔거나 에리아스와 함께 발표를 기다렸거나, 확률은 반반이려나.

 무사히 내가 꼴찌가 되어 학생회에 들어가지 않게 되었고, 어떤 의미에서 최고의 결과라고 할 수 있다.

 선거 연설을 그따위로 했는데 차점을 얻었다면 세이고생의 품성을 의심했을 거다. 그 전에 그딴 연설을 한 내 품성을 의심받았겠지만….

 전부 끝났으니 집에 가려고 의자에서 일어나 문 쪽으로 걸어

갔을 때였다.

내가 열기 전에 미닫이문이 열렸다.

복도에 에리아스가 서 있었다.

지금 만나고 싶지 않은 인간 베스트3에 확실히 들어가는 녀석이었다.

"아직 있었구나. 늦지 않아서 다행이야."

여기 말고 교문 근처에서 방송을 들을 걸 그랬다고 후회했다.

에리아스는 뾰로통한 얼굴이었다.

학생회장이 됐다는 기쁨보다도 다른 감정이 더 큰 것 같았다.

학생회장이 됐다며 의기양양하게 자랑하는 편이 그나마 낫지만, 그렇게는 안 되겠지.

"이제 집에 갈 거라서, 비켜 줄래?"

"할 말 있으니까 가지 마."

"그거, 내가 집에 갈 권리를 침해하는."

에리아스가 치켜든 오른손에 페트병 뚜껑이 들려 있었다.

이 녀석, 손가락을 사용해서 날리는 게 아니라 공처럼 진짜로 던지려는 건가!

"알았어, 알았어…. 교실로 돌아갈게…. 말로 하자, 말로…."

말한다고 이해하진 못할 것 같지만, 변명할 기회가 주어졌으니 그나마 다행이라고 생각하자.

내가 자리에 앉자 바로 앞에 에리아스가 섰다.

최소한 너도 앉아라…. 위압감이 든다고….

"내가 이기도록 일부러 그런 짓을 한 거지?"

"무슨 말인지 잘 모르겠는데."

"시치미 떼지 마. 그렇게 나오면 나한테도 생각이 있어."

또 페트병 뚜껑을 들었다.

명확한 협박인데, 선거 직후에 이래도 되는 건가.

"야… 다짜고짜 '그런 짓'이라고 하면 설명이 안 되잖아. 뭘 말하는 건지 제대로 말해."

그도 그렇다고 생각했는지 에리아스는 뚜껑을 쥔 손을 내렸다.

"연설 때, 나리히라는 일부러 내가 아니라 다이후쿠에게 투표하라고 호소했어."

"응, 그건 사실이야."

이에 대해 그럴 의도는 없었다고 변명하진 않는다. 할 수도 없고.

"하지만 네가 아니라 다이후쿠한테 투표하라고 말한 게 어째서 네가 이기도록 한 짓이 되는 거야? 개인을 공격하지 말라고 화내며 따진다면 모를까."

화내며 따져도 곤란하기에 괜한 말을 덧붙였을지도 모른다.

"즉, 시치미를 떼겠다는 거구나."

"모르는 건 몰라."

톡.

내 가방에 뚜껑이 날아왔다.

위협하는 건지, 가방을 공격하는 걸로 봐주겠다는 건지, 의도를 읽을 수 없었다.

다만 에리아스의 얼굴은 뾰로통한 표정에서 어이없다는 표정으로 바뀌어 있었다. 실제로 뚜껑을 던져서 스트레스가 발산됐을 것이다.

"나리히라 같은 지뢰 캐릭터에게 응원받으면서 다이후쿠의 가치는 나리히라 수준으로 하락했어. 현 회장이 추천했다는 임팩트를 지울 만큼 강력했지. 나리히라는 다이후쿠를 응원하는 척하면서 끌어내린 거야."

"흐응, 재미있는 가설이네."

뭐, 맞는 말이지만.

내가 선거에서 할 수 있는 일을 주말 동안 생각했다.

그리고 나온 게 이거였다.

내가 누군가를 지지해도 플러스 효과는 거의 얻을 수 없지만, 마이너스 효과는 꽤 쉽게 얻을 수 있다.

"그래서 나는 널 무시하고 멀쩡한 연설을 했어. 뭐, 다이후쿠의 연설도 멀쩡했지만, 그 인상은 회장한테 먹혔고, 심지어 나리히라 때문에 괜한 불똥까지 튀었지. 그 결과, 세 사람 중에서 가장 멀쩡해 보인 내가 당선됐어. 이걸 노린 거지?"

아까도 말했지만 정답이다.

다만 나는 인정하지 않는다.

"과하게 넘겨짚은 거야. 내가 널 응원할 리가 있겠냐? 연설 때도 그렇게 말했잖아."

그걸 인정하면 자존심이 센 에리아스는 화를 낼 것이다. 내가 편들어서 이겼다는 사실은 용납할 수 없을 것이다.

애초에 회장과 내가 괜한 짓을 안 했다면 이런 사태가 벌어지지도 않았을 테고.

그러니 나는 인정하지 않는다. 아무리 뚜껑을 날려도 고개를 끄덕이지 않을 것이다.

2L 페트병을 던진다면 얘기가 또 달라지겠지만….

"무엇보다 네가 그렇게 해석했더라도. 네가 연설할 차례에 나를 공격할 수도 있었잖아?"

에리아스가 나와 설전을 벌였다면 에리아스의 가치는 내 수준으로 하락했을 것이다.

아마 에리아스도 낙선했으리라.

"그러지 않았다는 건, 무시하면 네가 당선될 거라고 생각한 거야. 그럼 너는 너대로 나를 이용했으니까 나한테 불평하면 안 되지."

나도 에리아스를 마주 노려봤다.

마음속 오픈이 있는 타카와시와는 할 수 없는 일이지만, 에리아스와는 이런 반시뱀과 몽구스 같은 짓도 선택지에 들어간다.

"으그극….."

이 녀석, 정말로 '으그극…'이라고 소리 내서 말했다.

"연설하기 전에 타카와시가 말했어. 절대 상종하지 말라고. 그럼 이길 수 있다고."

"타카와시는 객관적으로 잘 보니까. 그게 최선이라고 생각했겠지."

"너랑 타카와시가 편먹은 건 아니겠지?"

그것도 정답이다. 말할 수 없지만.

"타카와시한테 물어보면 되잖아. 다름 아닌 너의 응원 연설인이야."

에리아스가 앞으로 한 발짝 나왔다.

목이라도 조르려는 건가 경계했지만, 떨어진 뚜껑을 주웠을 뿐이었다.

"이번에는 나리히라의 자폭이 날 도왔어…. 그렇게 멋대로 생각하겠어."

에리아스는 내 책상에 '부회장 성수'를 과격하게 내려놓고서 발길을 돌려 시뮬레이션실을 나갔다.

"그럼 이로써 오늘의 현안은 전부 끝…."

내 말은 거기서 끊겼다.

미닫이문 옆으로 에리아스의 얼굴이 나왔기 때문이다!

이 녀석, 돌아간 척했구나!

"나리히라, 현안이 끝났다니 무슨 뜻이야?"

에리아스는 다시 교실로 돌아왔다.

"딱히 이상한 의미는 아니야…. 네가 따질 것 정도는 예상이 가잖아."

"알았어. 그럼 마지막으로 하나만 물을게."

좋아, 그럼 이것만 넘기면 되겠네.

"나리히라는 누구한테 투표했어?"

여기서 거짓말하는 건 치사하다는 생각이 들었다.

역시 이건 물어보겠지….

에리아스의 얼굴을 보았다.

매우 진지한 표정이었고, 석양빛을 받아서 50%는 더 예뻐 보였다.

"……너한테 투표했어."

자신의 표로 다른 사람을 뽑는 녀석이 과연 진지하게 선거를 치렀다고 할 수 있는지 묻는다면 대답하기 어렵지만, 나 같은 녀석보다 에리아스가 더 학생회장에 적합하니 어쩔 수 없다.

"나한테 학생회장이 되고 싶은 마음이 없었다는 건 너도 알잖아? 그래서 너한테 투표했어. 다른 뜻은 없어⋯."

이런 건 자신한테 투표했다고 하면 된다. 비밀 투표니까 누가 누구한테 투표했는지 알 수 없다. 그런데 나는 아무래도 마무리가 허술했다. 어중간하게 착한 걸지도 모른다.

에리아스한테 맞을지도 모른다고 생각했는데 그런 일은 없었다. 학생회장으로 취임하자마자 불상사가 벌어지는 것을 우려했을지도 모른다.

"고마워."

시선은 피했으나, 에리아스는 내게 그렇게 말했다.

상대가 에리아스여도 고맙다는 말을 듣는 건 나쁘지 않았다.

"이제 나리히라한테 볼일은 없으니까. 몇 시간이든 몇십 시간이든 여기 있어도 돼."

"여길 내 주거로 삼으려는 거냐."

책상에 놓인 '부회장 성수'가 눈에 들어왔다.

그 라벨 속 에리아스는 미소 짓고 있었다.

"이 페트병 라벨, '회장 성수'로 바꿔야겠네."

에리아스는 복도로 나가기 전에 악마처럼 웃었다.

"남은 부회장 라벨은 전부 나리히라한테 떠넘겨 줄게."

도중에 에리아스를 따라잡아도 어색해지기에 한동안 교실에

있는데, 알기 쉬운 기척이 내 앞에 나타났다.

"혹시 에리아스랑 얘기할 때부터 보고 있었어요?"

"응~? 누나는 무슨 말인지 모르겠어~"

이번 일의 원흉이라고 해도 될 존재가 책상 위에 앉아 있었다. 치마가 너무 짧아서 살짝 보일 것 같았다.

"축하해. 훌륭하게 에리아스를 학생회장으로 만들었구나! 미션 클리어야!"

묘조 마호 **전** 회장은 즐겁게 박수를 쳤다. 어쩌면 타카와시보다도 더 인격에 문제가 있는 사람일지도 모른다.

"전 회장, 에리아스를 학생회장으로 만들고 싶다면 처음부터 에리아스의 응원 연설인이 되면 그만이었잖아요. 솔직히 말해서 이해가 안 가요."

막연한 추측이지만, 이 사람은 정말로 다이후쿠를 학생회장으로 만들 생각은 아니었을 거다.

학생회장이 밀었던 사람은 어디까지나 에리아스이지 않았을까.

그게 아니라면 나한테 활기차게 축하한다는 말은 못 하겠지. 그저 선거를 휘젓는다면 뭐든 좋은 걸지도 모르지만….

"이전에도 말했잖아~ 좌절 없이 성장한 아이는 위험해. 에리아스가 좀 고전했으면 했던 거야."

전 회장은 작위적으로 혀를 내밀었다.

"제 입으로 말하기도 뭐하지만, 제가 아무것도 안 했다면 다 이후쿠가 당선됐을지도 몰라요. 너무 고전시켰다고요….'"

"에리아스가 곤란해하는 얼굴을 보고 싶었고~"

"전 회장은 철저히 초S네요."

사회에 나가면 이런 사람이 요령 좋게 출세하고 권력을 잡는 걸까. 나 같은 타입은 손해만 보는 걸까. 장래가 막연히 불안해졌다.

"그리고 이제 회장이 아니라 일반인이 됐으니까 묘조 선배라고 불러 줘. 전 회장이란 호칭은 별로 와닿지도 않고."

"어찌 되든 좋은 부분을 신경 쓰네요…. 알겠습니다. …묘조 선배."

내가 그렇게 말하자 묘조 선배는 만족스럽게 웃었다.

"귀여운 자식은 매로 키우라고 하잖아. 사전 조사 결과 지지율 70%로 여유롭게 당선되는 선거를 시키고 싶지 않았어. 그런 선거는 시간 낭비잖아. 무엇보다 재미없고."

역시 재미가 무엇보다 우선되는 건가.

그 부분을 주장하면 나는 아무런 말도 할 수 없다. 나를 학생회장 선거에 출마시킨 것도 따지자면 재미있어지기 때문일 테고.

"너무 지나쳤다는 건 인정해. 너를 선거에 출마시킨 것만으로는 영 임팩트가 부족해서 한층 더 궁리를 해 본 거지~"

"묘조 선배, 궁리로 넘길 수 있는 차원이 아니었어요…. 정말로 에리아스가 낙선했을지도 모른다고요!"

이번에는 정말로 위험했다. 회장이 저지른 일은 물론이고, 내가 저지른 일도.

이 부분은 확실하게 불평해 줘야 하지 않을까.

아니, 하지만 누구를 위한 불평이지?

에리아스를 위해 그렇게까지 말할 필요는 없지 않나…? 아, 아니, 세이고의 학생으로서 선거로 놀지 말라고 하는 건 정당한 일일 터다.

"어떻게 굴러갈지 알 수 없는 미래가 더 두근거리잖아."

별안간 선배의 얼굴이 쓸쓸하게 바뀌었다.

굴다리 밑에서 봤을 때와 비슷한 표정이었다.

"승부는 어느 쪽이 이길지 모르는 편이 즐겁고, 그게 옳아. 무난한 일을 반복하기만 해서는 살맛이 안 나는걸."

"선배도 이능력 때문에 고통받았나요?"

그때 대답해 주지 않았던 질문을 한 번 더 했다.

타인의 인식 수준을 변경할 수 있는 너무나도 편리한 이능력.

하지만 편리하기에 본인은 쓸쓸함을 느낄지도 모른다.

요령 좋게 사는 데 특화된 인생에는 의외성이 결여되어 있는 걸까.

하지만 선배는 다시 웃는 얼굴로 돌아와 있었다.

중요한 이야기를 해 줄 만큼 나와 선배의 관계성은 깊지도

길지도 않았다.

"하구레 군, 즐겁게 해 줘서 고마워. 이능력 제어는 도와줄 게."

"그건 감사하지만, 그런 마구잡이 특훈이라면 소용없지 않을 까요…."

"그렇지도 않아."

내 말은 간단히 부정되었다.

"쓸데없는 짓 같겠지. 하지만 쓸데없어 보이는 짓을 끝까지 계속하면 갑자기 길이 열려. 인생은 그런 거야. 쓸데없는 것에 서도 의미를 찾아내서 재미없는 세상을 재미있게. 이게 내 좌 우명이야."

"실제로 좌우명이 있는 사람은 처음 본 것 같아요."

"참고로 방금 정했어. 아마 내일이면 잊어버리겠지."

정말로 진지한 모드가 지속되지 않는 선배네!

"그럼 지금까지 한 특훈에도 의미가 있는 거죠…?"

쉽사리 믿기 어려운데.

"그건 하구레 군이 잘~ 생각해서 답을 내면 될 거야."

선배는 책상에서 내려와 성큼성큼 내게 다가왔다.

드레인의 거리감은 이 사람에게 어찌 되든 좋은 일인 모양이 다.

굳이 따지자면 일부러 거리감을 파괴하려는 것처럼 느껴졌다. 이 사람이 보기에 타인의 퍼스널 스페이스는 쓸데없는 족쇄인 게 아닐까.

그렇게 내 머리를 덮을 만큼 다가왔다.

가슴 부근이 딱 눈앞에 보였다…. 이게 무슨 상황이야….

"그리고 에리아스한테는 선배로서 최고의 선물을 주게 된 것 같으니까, 나는 이번 일을 후회하지도 않고 반성도 안 해~"

"선물이라면 학생회장 자리를 말하는 건가요?"

머리 위에서 목소리가 들리는 건 이상한 감각이다.

"에리아스를 위해 전력을 다하는 널 보여 준 것 말이야."

잘 이해가 안 갔지만, 자세히 생각할 겨를도 없었다.

"그리고 이건 너한테 주는 상이야~"

가슴에 얼굴이 눌렸다.

뭐지? 포옹의 일종인가? 처음 겪는 일이라 뇌가 고장 났다!

"선배, 하지 마세요!"

"하지만 노력하면 가슴 만져도 된다고 말해 버렸으니까~"

그 단어를 듣고 사고가 일순 끊겼다.

관심이 있는지 없는지 묻는다면 관심 있지만… 아니, 그런 문제가 아니라 너무 특수한 과거를 짊어지고서 앞으로 살아가게 되는데….

다만, 그 한순간에 선배의 감각도 모습도 사라졌다. 꿈에서 깬 것처럼 없었다.

인식을 지웠나.

워프한 건 아닐 테니까 이 근처에 있겠지만.

부끄러우니까 오늘은 냉큼 돌아가자….

★

이튿날 점심시간.

시뮬레이션실에 인관연 멤버가 전원 모여 있었다.

아사쿠마까지 와 있었다. 그래서 시오노미야가 다이후쿠에게 고백받은 일은 언급할 수 없었다.

단, 전 회장과 관련된 일은 전부 이야기했다. 이것도 말하지 않는 건 치사하고, 아사쿠마를 계속 속이는 것이 되어 버린다.

"아사쿠마, 말려들게 해서 정말 미안해!"

나는 재차 아사쿠마에게 머리를 숙였다. 사죄는 특기이기에 당당히 머리를 숙일 수 있었다. 자랑할 만한 일도 아니지만, 사죄를 어려워하는 것보다는 낫겠지.

"아까 말한 것처럼 에리아스와 다이후쿠, 누구의 편도 들기 어려워서…. 그런 와중에 전 회장이 출마하라고 해서 충동적으로…."

"충동적으로 출마한 건 아니지. 이능력 제어법을 가르쳐 준다는 보상이 있어서 출마한 거잖아."

타카와시가 칼같이 추궁했지만, 지금 나는 완전 사죄 모드이기에 오히려 보충해 줘서 고마웠다.

"응, 맞아. 그 사람의 특훈, 엄청나게 마구잡이지만."

감언이설에 홀라당 넘어갔을 가능성도 여전히 부정할 수 없다.

"이제 사정은 알았으니 괜찮아요. 선배도 피해자라는 생각도 들고요."

아사쿠마는 타카와시와 달리 마음도 넓었다.

"그리고 스승님도 선거와 뭔가 관련이 있는 것 같으니까요."

아사쿠마가 시오노미야의 얼굴을 힐끔 보았다. 혹시 다이후쿠가 출마한 이유를 눈치챈 걸까?

시오노미야는 아사쿠마의 시선을 받고 살짝 고개를 숙였다.

"그… 아사쿠마 양, 이건 저만의 문제가 아니라서…."

쑥스러운지 시오노미야의 얼굴은 빨개져 있었다.

"얘기할 수 있게 되면 얘기해 주세요. 저도 말하고 싶지 않은 일은 있으니까 신경 쓰지 않아요."

아사쿠마, 어른스러운 대응이다.

"이런저런 사정이 있었던 거군요. 저도 양쪽에서 응원 연설인을 부탁하면 고민될 테고, 하구레 선배처럼 출마해 버리자고 착란을 일으킬지도 몰라요."

내 판단은 착란 취급인가.

하지만 그럴지도 모르겠다···. 그림을 잘 못 그리겠어, 그래, 미대에 들어가자! 같은 아크로바틱한 논리가 됐던 것 같긴 하다.

"하지만 최종적으로 나리히라 군은 드리드리···가 아니라 회장을 응원하기로 한 거군요! 멋있는 선택이에요!"

"처음부터 드리코를 응원하기로 했으면 출마할 일도 없었을 테니 우유부단한 결과라고도 할 수 있지."

아이카가 칭찬한 1초 후에 타카와시가 너무한 해석을 보냈다.

맞는 말이긴 하지만, 협력해 줬을 터인 타카와시가 그렇게 말하는 건 이상하지 않아?

에리아스가 이기게 할 책략이 떠오른 시점에 타카와시에게 상담했다. 타카와시도 효과가 있을 거라고 판단했다.

'그레 군의 주가가 한층 더 내려갈 텐데 괜찮겠어?'라고 걱정을 가장한 우롱을 받았지만.

그리고 사정을 설명해야 할 사람은 아사쿠마뿐만이 아니었다. 또 한 명, 중요한 인물이 남아 있었다.

아사쿠마의 스승에게도 해야 할 말이 있었다.

"시오노미야, 결과적으로 다이후쿠의 발목을 잡는 짓을 했어. 기분 상했다면 미안해···."

아직 시오노미야로부터 아무런 감상도 듣지 못했지만, 불쾌하게 여겼어도 이상하지는 않았다.

역시 위험성이 컸다. 나는 인간관계에 커다란 균열이 생길지도 모르는 일을 했다.

하지만 여기서 사죄하면 시오노미야와 다이후쿠 사이에 뭔가 있다고 아사쿠마에게 말하는 것과 같지…. 이미 늦었지만.

"제게 사과해도 별수 없어요. 고개를 들어 주세요."

인품이 훌륭한 시오노미야는 상냥한 목소리로 나를 용서해 줬다.

하지만 직후에 타당한 말이 추가되었다.

"사과는 친구인 다이후쿠 군에게 해야 하지 않을까요?"

"…완전히 옳으신 말씀입니다."

선거가 끝나고 나서 다이후쿠와는 아무런 연락도 하지 않았다.

본심을 말하자면 무서워서 아무런 연락도 할 수 없었다.

이런 건 오해가 생기지 않도록 직접 만나서 이야기하는 편이 좋다는 생각도 들었지만… 그건 도망칠 방편이지.

어제 그건 비겁하지 않았냐고 하면 반론할 말 정도는 있다. 그 시점에 응원 연설인을 학생회장으로 바꾼 건 정공법이라고 할 수 없다고 받아칠 수 있다.

하지만 그렇게 되면 그건 싸움이고, 수복할 수 없는 관계가 될 수도 있다. 애초에 다이후쿠를 논파하는 것이 승리 조건인 것도 아니다.

역시 터무니없이 큰 위험을 감수했다.

"뭐, 전부 끝난 일이니까 괜찮잖아. 생각해 봤자 소용없어."

방금 나를 공격했던 녀석이 위로하는 말을 꺼냈다.

"그때 아무런 책략도 세우지 않고 우물쭈물 선거 당일을 맞이하여 다이후쿠 군이 학생회장이 됐다면 그레 군은 분명 후회했을 거야. 드리코를 응원하기로 한 이상, 철저히 응원할 수밖에 없었어."

타카와시의 시선은 내 발치쯤에 가 있었다.

이 녀석 나름대로 나를 보려고 하는 거겠지.

"고마워. 마음이 편해졌어."

"살면서 동군이나 서군에 붙어야만 할 때는 있어. 가족끼리 죽고 죽이는 것과 비교하면 훨씬 낫잖아. 참아."

"비교 대상이 너무한데."

그런 세키가하라 전투 같은 상황은 살면서 별로 없잖아.

"그리고 어떤 이유로든 그레 군이 회장 선거에 입후보한 건 사실이야. 그렇게 적극적으로 나선 건 살면서 거의 없지 않았어?"

"듣고 보니…."

반쯤 묘조 선배의 말에 넘어간 거긴 하지만, 이번에 나는 직접 선거에 나섰다. 나도 뭔가 달라졌을지도 모른다.

근데 타카와시에게 인정받으니까 몽실몽실한 기분이 든다.

꿈이 아닐까 싶어진다.

"실제 선거에서 그런 광대짓을 할 수 있다니, 목숨을 아끼지 않는 무사의 삶 그 자체였어."

윽…. 결국 아픈 구석을 찔렀다….

"감동적이었어. 감동했어. 감동했어."

"전혀 감동하지 않았으면서 반복하지 마."

표정을 봐도 전혀 마음이 움직이지 않았잖아. 여전히 오만한 얼굴이다.

하지만 나도 성장한 건 정말이려나.

그것만큼은 의심하고 싶지 않다.

다만, 내게는 매듭지어야 하는 일이 하나 더 남아 있었다.

똑같은 생각을 한 사람이 또 있었던 모양이다.

아주 천천히 미닫이문이 열리기 시작했다.

소리는 거의 나지 않았지만, 내 시선 끝에 손이 있었다. 심령 체험은 아니었다. 들어오길 머뭇거리고 있다는 것이 잘 느껴졌다.

이 시뮬레이션실에 오는 사람은 거의 없기에 그 녀석이 올 가능성은 그런대로 컸고, 내가 걱정한 대로 됐다.

다이후쿠가 문을 열긴 했지만 들어오지 못하고 서 있었다.

"저기… 안녕…."

다이후쿠는 겁먹은 모습이었다. 그 모습은 내 심경을 구현한 것 같았다. 가장 만나고 싶지 않은 녀석이 왔다….

하지만 지금 다이후쿠가 왜 이런 표정을 짓고 있는지 짚이는 이유가 여러 개라서 뭐라 말할 수가 없었다.

얼른 확실히 하고 싶기도 하고, 모르는 채로 있고 싶기도 하고….

시오노미야는 다이후쿠의 얼굴을 힐끔 보더니 왼손을 가슴에 얹고 오른손은 메이드장의 머리에 올렸다.

이럴 때도 메이드장은 믿음직스럽구나.

"우리는 볼일 없는데, 그쪽도 볼일 없으면 돌아가."

타카와시가 안정되게 무자비한 말을 했다. 내 동맹자니까 내 친구도 챙겨 줘라.

다이후쿠는 처음에 시선을 내리깔고 있었지만, 천천히 들어서 나를 보았다. 뭐, 시오노미야보다 먼저 나겠지.

"저기… 나리히라….."

이름을 불렀다.

퇴로는 차단됐다.

"뭔가 그레 군한테 고백이라도 할 것 같은 분위기네."

타카와시, 쓸데없는 말 하지 마!

아사쿠마는 시오노미야가 다이후쿠에게 고백받은 것을 모르고, 당연히 다이후쿠도 얼마나 얘기가 퍼져 있는지 모르니까 고백이란 단어는 금지!

라고 말하고 싶지만, 말할 수도 없고….

그리고 지금 이야기할 것은 어디까지나 나와 다이후쿠의 문제다.

먼저 선수를 치자.

"다이후쿠, 미안!"

사과가 늦을수록 일은 심각해진다. 사과해서 풀릴 무언가가 있다면 사과만이 답이다!

"너를 방해하는 짓을 해서 미안해! 에리아스가 학생회장이 되고 싶어 한다는 건 예전부터 알고 있었기에 그랬어!"

때려서 기분이 풀린다면 때리라고 할까 망설였으나, 맞고 싶지 않았기에 말할 수 없었다.

"나리히라, 나야말로 미안해. 회장의 악마의 속삭임에 넘어가 버렸어….'"

문자 그대로 다이후쿠에게 접근하여 속삭이는 묘조 선배의 모습이 머릿속에 떠올랐다. 그 정도 일을 해도 전혀 이상하지 않았다.

"네가 지금의 회장에게 표가 가도록 연설했을 때, 오히려 안도했어. 낙선했다는 걸 알았을 때도 살았다는 기분이 들었어. 그렇게 해서 학생회장이 됐더라도 나는 분명 후회했을 거야."

그리고 다이후쿠는 이렇게 덧붙였다.

"결국 주목받은 건 내가 아니야. 회장이야. 회장에게 부탁한 시점에 진 것과 같아. 조연이 아닌 주역이 되고자 출마했는데 그걸 관철하지 못했어….”

아아, 다이후쿠도 묘조 선배에게 잡아먹혔다는 의식이 있었나.

너무 큰 존재는 독이 되기도 하고 약이 되기도 한다. 심지어 이 독도 되고 약도 되는 존재는 스스로 움직인다. 전부 끝나고 보니 다이후쿠도 에리아스도 나도, 모두 묘조 선배에게 휘둘렸다.

어떤 의미에서 선거의 승리자는 묘조 선배이기도 했다.

“낙선해서 기쁘다니, M인가?”

타카와시, 나랑 다이후쿠가 이야기하는 중에 시답잖은 소리 하지 마.

다이후쿠의 말을 듣고 나도 구원받았다.

다이후쿠도 떳떳하지 못했던 거구나.

“그럼 이 일은 청산됐다고 생각하면 되지 않을까.”

어째선지 타카와시가 마무리하는 말을 했지만, 제삼자가 말해 주는 편이 고맙기는 했다. 타카와시의 말에 다이후쿠가 고개를 끄덕이면서 전부 끝났다.

“그럼 화해의 악수를 하죠!”

아이카가 내 등을 툭 밀었다.

“엄밀히 말하면 사이가 틀어졌던 건 아니지만 말이지.”

다이후쿠도 마침내 복도에서 교실로 들어왔다.

나와 다이후쿠는 짧게 악수했다. 말할 것도 없이 드레인 때문이지, 불신이 남아 있는 건 아니었다. 이로써 해결이다.

나의 일은.

다이후쿠는 이번엔 시오노미야 쪽으로 한 걸음, 두 걸음 다가갔다.

시오노미야의 왼손은 여전히 가슴에 얹어져 있었다.

이런 일이 눈앞에서 전개될 줄이야….

겪더라도 훔쳐보는 것 같은 '반칙'을 써야만 일어날 줄 알았는데.

아이카가 양손으로 입을 막았다. 눈은 흥미진진한 빛을 띠고 있었다. 숨소리를 내서 방해하지 않겠다, 철저히 방관자로 있겠다는 마음가짐이 엿보였다.

타카와시는 허를 찔렸는지 입이 헤벌어져 있었다. 타카와시 치고는 보기 드문 허점투성이 표정이었다.

아사쿠마는 긴장했는지 투명해져 있었다. 확실하게 설명을 듣지 않아도 상황은 대충 알 수 있겠지….

다이후쿠의 입가는 떨리고 있었다. 긴장을 안 하는 게 이상한가.

시오노미야의 표정은 정확히 확인할 수 없지만….

아까는 안타까운 듯한 모습이었다. 좋게도 나쁘게도 받아들

일 수 있었다. 시오노미야의 현재 심경을 답하라는 국어 문제
가 있다면 무진장 어려울 거다.

그래서 다이후쿠도 더더욱 평정심을 유지할 수 없는 걸지도
모른다.

참고로 나는 어땠냐면, 한마디로 말해서… 무서웠다.

도망칠 수 있다면 도망치고 싶었다. 내 문제가 아니어도 부
담스럽다!

"다이후쿠 군."

먼저 부른 사람은 시오노미야였다.

"아, 네!"

다이후쿠의 목소리는 조절이 안 되는 것처럼 컸고 음정도 이
상했다.

"미숙한 저는 아직 답을 내지 못했어요. 조금만 더 생각할 시
간을 주시겠어요?"

시오노미야는 짜내듯이 중얼거렸다.

보류하고 싶다는 내용일 뿐이지만, 어쩌면 그건 다이후쿠가
가장 원하던 답일지도 모른다.

여기서 사귀자고 했다면 심장에 너무 부하가 가서 쓰러지지
않았을까. 다이후쿠도 인터벌이 필요할 만큼 여유 없는 모습이
고.

"네…. 기다리겠습니다…. 오히려 나야말로 선거에서 약은

꾀를 쓴 게 부끄러워서…. 스스로 자격을 잃는 짓을 해서… 실망시켰다면 미안해!"

다이후쿠의 목소리는 마지막에 가서 상당히 빨라졌다. 어쩔 수 없었다. 해야 할 말이 너무 많았다. 그렇다고 전부 말하면 이야기가 너무 길어진다. 이 정도로 타협할 수밖에 없다.

그리고 시오노미야는 그런 걸 신경 쓰지 않았다.

"다만 너무 기다리게 하는 것도 좋지 않으니… 올해 안으로 답을 내겠어요."

시오노미야 쪽에서 기한을 정했다.

"네! 기다리겠습니다!"

다이후쿠는 또 삑사리를 내고서 문을 닫지 않은 채 떠났다. 퇴장해 줘서 다행이다. 다이후쿠가 계속 있었으면 우리도 어쩌면 좋을지 몰랐을 거다.

"이렇게 말하면 이상할지도 모르지만, 아이카, 아주 멋진 걸 보게 돼서 좋았어요."

아이카는 가만히 곱씹는 듯한 표정을 지었다.

그리고 시오노미야에게 다가가서 꼭 끌어안았다. 포옹하면 마음이 진정된다고 하니까. 남자가 그러면 진정되기는커녕 역효과겠지만.

"저도 확실히 정하지 못한 부분이 있어서…. 너무 미루면 좋지 않다는 걸 알지만…."

아이카의 팔 사이로 시오노미야의 불안해하는 눈이 보였다.

그 마음은 잘 안다. 뒤로 미루고 싶은 것도, 너무 미루면 안 된다는 것도.

시오노미야의 그 말은 완전히 남의 일처럼 느껴지지 않았다.

뒤로 미루면 좋지 않다.

나도 미루고 있는 일이 있지 않나?

게다가 그 말이 나왔을 때, 아이카의 표정이 아주 살짝 흐려진 것처럼 보였다.

다만 어디까지나 아주 짧은 찰나였다. 이제 아이카에게서는 그 편린도 찾아볼 수 없었다. 평소처럼 웃고 있었다.

기분 탓인가…? 어차피 확인할 방도가 없으니 똑같나.

그리고 내 의식은 또 다른 곳으로 향하게 되었다.

"올해 안으로 대답하는 거면 괜찮지 않아? 어차피 앞으로 한 달도 안 남았으니까."

타카와시의 말을 듣고 나는 그 현실과 마주하게 되었다.

그러고 보니 벌써 12월이다.

한 달 내에 그 이벤트가 있다.

이름하여 크리스마스.

연인들에게 있어 특별한 날(이라고 하는데 자세히는 모른다).

작년까지는 나와 상관없는 이벤트라고 생각했지만….

어느새 시선이 아이카에게 가 있었다.

올해는 대체 어떻게 될까….

6권 끝

◈작가 후기◈

오랜만에 뵙습니다. 모리타 키세츠입니다!

『물리적으로 고립된~』도 마침내 6권까지 왔습니다. 고교 생활의 초대형 이벤트 중 하나인 수학여행을 5권에서 해치워 버렸지만 좀 더 계속됩니다.

이번에는 학생회장 선거 이야기입니다. 하지만 학생회와 관련 없는 사람에게 학생회장 선거는 거의 공기와 같은 이벤트죠. 저도 그랬습니다.

그러나 입후보한 학생에게는 아주 다양한 드라마가 있을 터! 심지어 입후보자가 한 명뿐인 사실상 신임 투표가 아니라 몇 명이 낙선하는 상황이라면 상당한 드라마가 있을 터!

그런 부분을 상상하며 읽어 주셨으면 좋겠습니다.

그리고 이번에 새로운 캐릭터인 학생회장이 등장했습니다. 이쯤 되면 등장이 아니라 출몰이라고 하는 편이 좋을 듯한 자유로운 녀석인데, 이 시리즈에 지금껏 없었던 성격의 캐릭터이니(그렇게 편집자님이 말씀하셨습니다) 귀여워해 주셨으면 좋겠습니다. Mika Pikazo 선생님, 학생회장을 포함하여 이번에도 멋진 일러스트를 그려 주셔서 정말로 감사합니다! 제가 세이고의 학생이었다면 표지의 에리아스에게 고백했을 겁니다.

각설하고, 올봄부터 맥가든의 웹코믹 사이트 〈MAGCOMI〉에서 『물리적으로 고립된~』의 코미컬라이즈가 시작됩니다.

실은 작화를 담당하신 **라마** 선생님의 캐릭터 디자인을 미리 봤는데, 솔직히 말해서 최고였습니다. 이건 진짜입니다. 자기 전에 캐릭터 디자인 파일을 열어 보고 실실 웃었으니까 진짜입니다(진짜로 극혐 행위).

정보를 공개할 수 있게 되면 수시로 발표할 테니 기다려 주세요!

마지막으로 제가 가가가에서 내고 있는 작품을 선전하겠습니다.

『마왕입니다. 여용사의 어머니와 재혼해서, 여용사가 의붓딸이 되었습니다.』라는 긴 제목의 책이 가가가 북스 쪽에서 2권까지 발매되었습니다. 이쪽은 이미 이쿠하시 무이코 선생님이 작화를 담당하여 코미컬라이즈가 시작됐습니다! 망가원, 우라 선데이, 니코니코 정화에서 볼 수 있습니다. 이번에는 우라 선데이의 공식 URL을 적어 두겠습니다.

https://urasunday.com/maodesu/index.html (QR코드로도 이동할 수 있습니다!)

이런 느낌으로 이것저것 하고 있습니다. 앞으로도 『마왕입니다~』와 『물리적으로 고립된~』 양쪽 모두 잘 부탁드립니다!

모리타 키세츠

물리적으로 고립된 나의 고교생활

물리적으로 고립된 나의 고교생활 [6]

2024년 3월 10일 초판 발행

저자 모리타 키세츠 | **일러스트** Mika Pikazo | **옮긴이** 송재희
발행인 정동훈 | **편집인** 여영아
편집 팀장 황정아 김은실 | **편집** 노혜림
발행처 (주)학산문화사 | 서울특별시 동작구 상도로 282 학산빌딩
편집부 02.828.8838(전화), 02.816.6471(팩스) | **영업부** 02.828.8986(전화), 02.828.8890(팩스)
홈페이지 www.haksanpub.co.kr | **등록** 1995년 7월 1일 | **등록번호** 제3-632호

BUTSURITEKI NI KORITSU SHITEIRU ORE NO KOKO SEIKATSU Vol.6
by Kisetsu MORITA
©2017 Kisetsu MORITA
Illustrated by Mika Pikazo
All rights reserved.
Original Japanese edition published by SHOGAKUKAN.
Korean translation rights in Republic of Korea arranged with SHOGAKUKAN
through INTERNATIONAL BUYERS AGENT LTD.
이 책의 한국어판 저작권은 일본 SHOGAKUKAN과의 독점계약으로 (주)학산문화사에 있습니다.
저작권법에 의해 한국 내에서 보호를 받는 저작물이므로 불법 복제와 스캔 등을 이용한
무단 전재 및 유포·공유 시 법적 제재를 받게 됨을 알려드립니다.

ISBN 979-11-411-1166-3 04830
ISBN 979-11-348-1466-3 (세트)

값 7,000원

나를 좋아하는 건 너뿐이냐 15

라쿠다 지음 | 브리키 일러스트

TV애니메이션 방영작!

"죠로는 팬지의 연인이 되었어. 그러니까 나는 이렇게 여기에 왔어." 크리스마스이브 당일. 약속 장소에 나타난 사람은 팬지가 아니라, 중학교 때 같은 반이었던 코사이지 스미레, 통칭 '비올라'. 뭐가 뭔지 상황을 전혀 받아들일 수 없는 나를 무시하고 데이트를 만끽하는 비올라. 게다가 말일까지 같이 있어 달라고? …아니, 녀석이랑 똑같이 너도 12월 31일이 생일이냐! …그래, 그 녀석. 내 연인인 산쇼쿠인 스미레코는 어디 있지? 연락도 안 되고, 다른 애들이랑 썬은 얼버무리기만 할 뿐. 그래도 너를 찾아내겠어. 하기로 결심했으면 한다. 그게 내 모토다. 뭐? 이 녀석이 힌트라는 게 진짜야…?!

(주)학산문화사 발행

학전도시 애스터리스크 17

미야자키 유 지음 | 오키우라 일러스트

최고봉의 배틀 엔터테인먼트,
릿카의 영웅들이
지고무상의 대단원을 장식한다!

애스터리스크의 모든 이야기가 여기서 끝난다…! '왕룡성무제' 결승 스테이지의 유리스 vs 오펠리아, '식무제' 스테이지의 아야토 vs 마디아스. 앞과 뒤, 양쪽에서 마지막 승부를 내야 하는 때가 왔다. 금지편 동맹의 음모로 애스터리스크 전역을 혼란으로 몰아넣은 사건들도 클로디아와 학생들의 활약으로 진정되고, 드디어 종국의 순간이 가까워진다. 그리고 모든 것이 끝난 후, 아야토는 유리스를 비롯한 소중한 동료들의 마음에 진지하게 답해야 하는데….

(주)학산문화사 발행